「すばらしい勝負でした。
心から楽しませていただきました」
五人の優れた剣の者が、
の亡骸を転がしている。
を惜しむようにして
としとと降りだした。

蛾の群れが優雅に舞っている。
やがてそれはだんだんと集まってゆき、
ひとりの老人のしわくちゃの顔を生みだした。
その黒い瞳からは冷たい悪意が
しんしんと伝わってくる。
それは、老人の顔をとったまつろわぬ神であった。

「ほんと、なんて愚かなお人……」
うららかな陽ざしに、狛の笑い声が響く。
こんな呪いで死にゆく女ひとりのために、
よりにもよって神を殺そうとするなど、
どこの誰が信じるだろうか。

雨雲ばいう◉著
Baiu Amagumo, *Author*
小俵マリコ◉イラスト
Mariko Odora, *Illustrator*

剣の修羅

SWORD ASURA

異端陰陽師の剣撃譚

1

eb! enterbrain

目次

第1章　剣の修羅、魔京にて

ひとりの童が、雪の積もる野原にあった。触れれば霞《かすみ》となって消えてしまいそうなほど儚《はかな》げな、ともすると虚弱と思えるような童である。

その童のまわりに転がっているのは、死んだ人の臓物であった。

三日月に照らされて、鮮やかな血の赤があちこちに飛び散っている。すえた硫黄の香りがするその雪原は、つまり凄惨なる殺しあいがあったことを教えていた。

雪のなかに倒れた男も女も、とうに死んでいる。

死の香りがひしひしとする血まだらのこの雪原にて、暖かな息を吐く童のみが生きている人だ。童の紅潮した頬が、白い雪を後ろにしてよく目についた。

ああ、なんと怖気《おぞけ》だつ惨劇なのだろう。だが、不思議なことにその童は狼狽《ろうばい》をかけらもみせない。むしろ、歳《とし》にあわぬ静けさでしげしげと死人をながめるほどである。

だが、それは童の気が狂ったとか、強がって恐怖をおしこめているとかいうことではない。そうならばどれほどよかっただろうか。童はこの残虐を心から喜んでいた。

童の手に握る刀からひたひたひたと血が滴っている。

ひとつばかりかいくつもの人の命を奪っておきながら、童は笑っていた。つい先ほどまでの殺しあいの余韻に浸るがゆえに、童は頬を染めているのだ。

それは、あまりにもおぞましいことであった。

純白で無垢《むく》であるはずの童が、人を刀で斬り殺して喜んでいる。世も末というのならば、この童の業をこそいうのだろう。

良識あるならば、それは誰もを胸を締めつけられるような思いに駆りたてるはずだ。

だが、この寒風吹き荒れる雪原では人殺しの悪を説く聖人などいないし、いかに徳ある説法とて世迷《よま》い言《ごと》にしか聞こえないであろう。

それほどまでに、醜い惨劇であった。


その遠く、木々の陰から殺しあいの果てを目にしていた女は腹からこみあげるものをこらえることなどできなかった。げえげえと、夜の森に女の吐く声が響く。

なんなのだ、あの童のふりをした悪鬼は。あれほど幼い子に、女は歯の根もあわないほどの恐怖に震えて怯《おび》えるばかりであった。

童が殺した者たちを、女はよく知っていた。ともに師たる祖父のもとで剣の道に励んできた親しい者たちだ、ゆえにその優れた剣の腕もよく知っている。

童の殺した者は誰もかれも恥じることのない強者ばかりであった。生涯を剣に捧《ささ》げんと、剣にうちこんでいた者ばかりであったのだ。

それを、あの童はあっというまに殺しつくしてしまった。

力も生きてきた時も勝る屈強な友を、童はただ剣の才のみでまるで有象無象かのように斬ったのだ。

これは夢ではなかろうか。女は疑った。

そうであるはずだ、そうでなければならない。まるで闇夜にたらされた蜘蛛《くも》の糸にすがりつくかのように女は仏に願う。むろん、仏はここにはいない。

ごろりと、斬り殺された友の屍《しかばね》が独りでに転がる。その、輝きを失ってどろりと濁った瞳に女は声にならぬ悲鳴をあげた。

これは夢でもなんでもない。かつて女と笑いあったあの親しい友はみな物言わぬ亡者となって雪のなかにずぶずぶと腐っているのだ。

そのわけはただひとり、あの童である。

童が赤く濡《ぬ》れた刀を鞘《さや》にもどす。ぱたたと血が真っ白な雪の上に散っていった。

もう、女は童をこの世のものと思うことはできなかった。あの童は女にとって黄泉《よみ》からやってきた恐ろしき鬼でしかない。

恐れおののいて、女は熱にやられたようにぼそりと口にした。

「ああ、剣の修羅……」


わたしは、東京の街をぐるりとまわる電車にて吊革《つりかわ》に手をかけていた。戦争に震災で焼け野原となったはずの東京の街は、しぶとく栄えている。ゆえに昼というのに電車は混みあっていた。

東京もつまらなくなったものである。わたしの頭がずきりと痛んだ。

わたしは窓からみえる街に目をやる。わたしが若い時、東京には百をくだらぬほどの剣術の道場があった。今、そのほとんどは剣道となり人殺しの術は廃れている。

べつに野球や卓球のように競技となった剣道に文句があるわけでもない。それは、銃と火薬とが勝ったこの世において剣の道を残そうとする試みであるとわかっている。

だが、わたしは剣の修羅である。すくなくともそう在ろうとしてきた。

あの人殺しの技としての剣を懐かしむのは悪いことなのだろうか。わたしは己の皺《しわ》だらけの手をみつめて、古き良きかつてを思いだしていた。

古くは戦国、そして幕末から剣の道は失われていった。戦車に機関銃こそが時代の流れであって、わたしはかつての剣の道の亡霊にすぎない。

そして、なによりもそのことがわたしを苦しめ、嘆かせるのだ。

電車の扉にもたれかかり、つまらなそうに音楽を聞いている柔道着をもった大学生に、催してしまう。服のうえからでもわかる、鍛えられた体つきのあの大学生との殺しあいを望んでしまうのだ。

もちろん剣なしだとしても、である。

そんな恥ずべき欲望でわたしの頭はいつもいっぱいになってしまう。人殺しの剣術を学んできた者がそこらの人との殺しあいを願うなど、師の語った義に背くというのに。

気がつけば、頭のうちでいかにしてあの大学生の首をとるかばかりを考えてしまう。

剣がなくともわたしは殺しあえる。喉、目、鼻、刃《やいば》なくとも人に傷をつける術《すべ》などいくらでも知っている。あの男と戦うのに、ほかになにがいるというのか。

そう、己に負けて道に背くすんでのところでわたしはとどまった。

愚かにもほどがある、殺しあいに飢えているからといってこのような浅ましいことを考えるなど。深い自責に駆られる。

これではただの人殺しが好きな頭のおかしい爺《じじい》ではないか。

ずきずきと、今日は頭痛が激しい。

いつまでたっても満たされることのない欲望が、腹のなかで渦巻くのを感じる。殺しあいを心から願うわたしは、いつ狂気に身をやつすかわからなかった。

どうせ老い先も短いのだから、狂ってもいいではないか。

悪魔がわたしの耳に囁《ささや》く。師に教わった義をうち捨て、人に斬りかかることができたのならばどれほど気持ちがよいだろうか。

あの大学生、鍛えているとはいってもそれは競技のためである。わたしの望むような血沸き肉躍る殺しあいにはならぬだろう。

だが、馳走《ちそう》でなくとも腹を満たすことはできる。それで満足ではないか。

わたしは、わたしの思考がどんどんと狂ってきていることを知っている。恥ずかしながら、その欲を律することができるかは怪しかった。

「すみません、席をお譲りしましょうか」

声をかけられる。危うい考えに頭を占められつつも、そのもとへと目をやった。

わたしのすぐそばの席に座る好青年が、にっこりと笑いながら荷をまとめている。わたしに席を譲ろうというらしい。

そう疲れているわけでもないのだが、まさか殺しあいをしたいという欲望に負けかけていたという己の未熟を口にするわけにはいかない。

断るほど己の尊厳に重きをおいているわけでもないわたしは、青年のかわりに座ってしまう。

そして、ふと瞳に入った青年の抱えるものに目を奪われた。

竹刀の入った、細長い袋である。買ったばかりなのか鮮やかな藍をしていた。

「もしかすると、剣道をおやりに」

「ええ、そうなんです。実は役者をしてまして、時代ものの映画にでることになり、すこしでも勉強をしようと始めたばかりなんですけど」

青年がへにゃりと眉をさげる。わたしはそんな青年をまじまじとみつめた。

電車の席などどうでもよいのに、ただ殺しあいをしてくれるほうがよっぽど有難いのだ。そんな妄言が口から転がりそうになる。

体の動きからしてあまり才はないようであったが、それでも剣を学んでいるのだ。わたしの頭がすぐさま愚かしい恨み言を考えつくにはそれだけでよかった。

興奮してしまったか、動悸《どうき》が激しくなる。これも老いなのだろうか。

「あ、その布袋。そちらも剣道をやられているんですか」

「ええ、剣術をすこしばかり。いまだ未熟者ですが」

そんな気の違ったわたしの思いも知らず、青年がそばの布袋を指さす。それはわたしが片時も離したことのない木刀であった。

「わあ、ずいぶんと古びてますね。そちらが未熟者なんだったら僕は赤ん坊だ」

袋からすこし顔をだしている木刀を目にして、青年が目を丸くする。そういえばどれほどの月日がたっただろうか、師よりそれをもらってから——。

思えば、あの夜に師の剣に魅せられてからずいぶんと遠くまで来たものである。

§

電車が駅につき、ひび割れた電子音を奏でる。わたしは席を譲ってくれた青年に頭をさげて扉から降りていった。

今、わたしには楽しみなどなにもない。殺しあいを望む狂人はもうとうの昔に死に絶えてしまっていて、わたしが最後の生き残りだとしか思えなかった。

怠惰に生きるわたしは、映画で殺陣《たて》の役者として演技をしながら日銭を稼いでいる。殺しあいのために剣を学んだ者が、いまでは映画のような茶番で剣をふるうなど笑えるにもほどがあった。

今日もまた、作り物の街のなかで渡された台本に目をやる。

とある漫画を原作とした映画の撮影であった。平安のような時代に、妖《あやかし》の跋扈《ばっこ》する魔京にてひとりの陰陽師《おんみようじ》が活躍する、そのような冒険活劇譚《たん》であるらしい。

銭を頂くのだから、興味はなかったといっても漫画は読んでいる。話は好かなかったが、この世ならざる魑魅魍魎《ちみもうりよう》と人とが戦うという考えは羨ましかった。

もしも、人の命をつけ狙う妖がこの世にいて、それらとの殺しあいが貴ばれるのであればわたしはどれほど幸せであっただろうか。

愚かしいとは重ね重ねわかっていながら、わたしはその陰陽師に嫉妬していた。

なにはともあれ、わたしはその陰陽師に殺される野盗を演じるらしい。

ぼろぼろに破れた布きれを身につけたわたしは偽の刀を手にとって、ただひたすらに殺されたふりをする時を待っていた。

しばらくして、遅れていた陰陽師を演じるはずの人間がようやくやってきたのか、あたりが騒がしくなる。顔をだした俳優の顔をみて、わたしは目を丸くした。

むこうもこちらに気がついたようで、驚いたように声をかけてくる。

「あれ、電車で顔をあわせませんでしたか」

「ええ、その節はお世話になりました」

どうやら電車でわたしに席を譲ってくれた青年こそが、陰陽師を演じる人間だったらしい。

わたしは軽く頭をさげて、ふと目眩《めまい》がした。

どうしたのだろう、今日は体の調子がどこかおかしい。わたしの様子を目にした青年が眉をひそめてなにやら声をあげようとした。

だが、後ろの男が急《せ》かしたてるように青年の背をたたく。単なる端役であるわたしと違い青年は今を時めく人気俳優なのだから、時間がつまっているのだろう。

こちらのことなど気にせぬようと短く口にして、わたしは青年が男にひきずられていくのをながめた。

ようやく主演が来たので、慌てて監督が撮影にとりかかる。

煌《きら》びやかな狩衣《かりぎぬ》に身をつつんだ青年が寂れた魔京、とはいっても作り物の街のなかを歩いてきた。わたしの演技は簡単で、青年に斬りかかろうとして逆に倒されればよい。

青年がゆっくりと歩いてくる。

わたしは時をみて、刀を大振りにしながら青年にゆっくりと飛びかかっていった。緑の服に身をつつんだ男がそんなわたしにぶつかってくる。

映像を編集した後には、この男は陰陽師の式神におきかわっているらしい。

ともかくも、わたしは紙の張りぼてでできた土壁まで吹き飛ばされた振りをする。そんなわたしに青年が手にもっていた短刀を振りおろそうとした。

ふと、邪《よこしま》な考えが頭をよぎる。

ここで、刀でもって青年を殺しにかかろうとしてはどうか。はじめのうちは誰もがやりすぎた演技だと思うであろうから、殺しあいをできるのではないだろうか。

熱にうかされたかのように剣を握る手に力がこもる。崩れた土壁から苦も無くすらりと起きあがったわたしは剣をかまえた。

ずきずきと頭が痛む。

青年が驚いて瞳を見開いている。なにかがおかしかった、こんなふうに思いつきの狂気に負けるほどにわたしは弱くなかったはずだ。

息が激しくなる。わたしは胸に鋭い痛みが走るのを感じた。

この痛みはただごとではない。いくつもの殺しあいで傷を負ってきたが、これほどまでにどうしようもない痛みはなかった。もう、考えられることはひとつしかない。

道理で調子が悪かったわけだ、わたしは己でも知らぬうちになにやら病に蝕《むしば》まれていたらしい。わたしは胸をおさえて倒れた。

「誰か、病人です」

青年が鋭く叫んだ。

なんとまあ、迷惑をかけるものである。電車で席を譲らせるばかりか、こうして撮影でいきなり倒れてしまって世話までさせている。

果たして、わたしの生というのはどうであったか。北の大地で師に会い、この世へと飛びだした。その終わりは病とはいえ、人よりも長く激しく生きたつもりである。

だが、わたしはそれでも心が満たされなかった。

殺しあいを、真剣勝負をもっとしたかった。こんな風に病などというつまらないもので己の生涯を終えることだけは嫌だった。

吊《つ》るされている照明が眩《まぶ》しくて、目を細める。

心臓が焼けるように痛い。だが、そんなことよりもわたしは深い悲しみに囚《とら》われていた。まなじりから涙がこぼれる。

わたしの人生は、なんだったのだ。

強者と、殺しあいを心から願う者ともっともっと戦いたいと心から願った。だが、そんなわたしのささやかな願いはついぞ叶《かな》わない。

こうして、ただ病に冒されて死んでいく。それはわたしにとって耐えることなどできない苦痛だった。

こんな最期など嫌だ。わたしはもっと戦いたかった、殺しあいたかった。老人は生まれて初めて神にすがった。

願わくは、強者と正真正銘の真剣勝負をあと一度だけでも——。

ふわりと、口からこぼれた言葉が風に乗る。死にゆくわたしが最期に口にしたのは、実に情けない後悔であった。


「おい、若君はいずこかわかるか。また漢文の講義を逃げだして姿をくらませたのだ」

「またか、この月はこれでいくつだ。ともかく俺は庭の奥をみてくる。そちらは馬屋のほうを探してこい」

秋も深まり、ところどころ紅葉の散った美しい庭でふたりの男が顔をつきあわせてなにやら話をしている。

「わかった、助かる。このままではまた殿にお叱りをうけてしまう」

「そうだな、まったく若君にも困ったものだ」

誰かを探しているらしい男たちはばらばらに歩いていった。その始終をすべて耳に入れていたわたしには気がつく様子もない。

ずっと木に登って家の者の隙をはかっていたわたしは今しかないとばかりに飛び降りた。そのまま剣術の指南書をかかえて忍び足で門まで走る。

屋敷が遠くなってからわたしはようやく胸をなでおろした。

ここ数日はずっと家の者に厳しく目をつけられていたので、鬱屈でふさぎこんでいた。ようやく家から逃げられたわたしの心はからりと乾いた秋空のように晴れやかである。

大路に顔をだすと、京の栄華が咲き誇っていた。

貴族をのせた牛車《ぎっしゃ》がゆっくりと動いているそばを、商人が慌ただしく駆けまわっている。遠国からの旅人も思わず足を止めてしまうような京の繁栄がそこにあった。

「あ、五十神《いそがみ》のところの若君じゃないか。また逃げだしてきたのかい」

「しぃーっ、お父様には黙っておいてくださいね」

顔を知る京の人と言葉をかわしながら、大路を歩いていく。雲ひとつない青い空にぽつりと鳥が清々《すがすが》しいほどに高く飛んでいた。

やがて京の外へと続く門にさしかかって、わたしは手のなかの棒きれをぎゅっと握りしめる。

久しぶりに剣の腕を磨くことができる、それだけで心が躍るというもの。

だが、そんなわたしの喜びはすぐに焦りとなる。

「秋継《あきつぐ》、秋継っ、なぜここにいる！　漢文の勉強はいったいどうした！」

この世での名を、耳をつんざくように叫ばれたわたしは、顔を強《こわ》ばらせた。どうやら宮中から帰ってきた父にみつかったらしい。

聞き慣れた怒声がどんどんと迫ってくる。そばに侍《はべ》る家の者が止めるのも聞かず、父はわたしを追いかけることにしたようだった。

つい先日に叱られたばかりなのだ、ここで捕まるわけにはいかない。逃げなければ。

「そこの童を止めろ、少納言のわしが命じているのだぞ！」

父の言葉に慌てて槍《やり》をもった衛士《えじ》が飛びかかってくるのをひらりとかわして、わたしは門の瓦に足をつける。後ろに目をやると、京のすべてをながめることができた。

朱塗りの宮が遠くにみえる。まっすぐにひかれた大路が等しくならび、寺や貴族の屋敷が瞳に入る限りずっと続いていた。

かつてわたしの生きた世で千年の都と讃辞《さんじ》された平安京にこの街はそっくりである。

違うことといえば、夜になると人をとって喰《く》らう恐ろしい魑魅魍魎が湧いてくることと、陰陽術という不思議な力があることぐらいだろうか。

なにはともあれ、これがわたしが新たに生をうけた世であった。

京の景色をみつめていると、鳥を模した紙きれがわたしの頬をかすめる。目を落とすと、顔を赤に染めた父が懐から山のような呪符をとりだしたところだった。

顔を青ざめさせて、ともかくもわたしは門から飛び降りた。

遠ざかっていく父の怒声を耳にしながらわたしは駆けていく。これは後で家に帰るのが恐ろしくなってきた。晩になれば父の怒りも鎮まっていることを祈るほかない。


わたしは病に倒れ、そのまま死んだはずだった。そんなわたしがいつのまにか童になっていたことに気がついた時は驚いたものである。

この古風な世で、わたしはそこそこの貴族の子として生まれた。だが、わたしにとって生まれなどどうでもよい、初めて知った己の名とくらべれば塵芥《じんかい》にも等しい。

わたしのこの世での名は、五十神秋継。

その名は父の口から教えられるよりも先に知っていた。かつての世で、わたしが死ぬほんの数日のうちに、耳目に触れたことがあった。

五十神秋継、それはかの陰陽師の冒険活劇譚たる漫画にて成敗される悪徳貴族だ。

卑しい生まれの陰陽師を嘲って嫌がらせをするいかにもといった風の悪人であり、最期にはその馬鹿にしていた陰陽師に殺されたはずである。

陰陽道の大家のひとつに生まれながら遊び惚《ほう》けて修練を怠っていたために、ろくに戦うこともできずにひねり潰されたという。なんともったいないことか。

わたしはそんな五十神秋継となった。

果たしてこの世はほんとうにわたしの知る漫画のそれなのだろうか。もしそうだというのならば、わたしは破滅の運命であることになる。

もしもわたしのような者でなければどう思うのか、ふとそんなことを考える。

常人ならば、正しい考えのできる人ならば、ここは嘆くべきなのだろう。どうしてろくに生きもしないうちから陰陽術によって惨《むご》たらしく殺されなければならないのか、と。

だが、狂ってしまっているわたしは笑いをこらえることができなかった。まったくもって愚かなことに、わたしは恐ろしいなど考えもしなかった。

強者と命がけの殺しあいができるなど、願ってもみない幸運である――。

祈ればこうなるというのなら、もっと神仏を敬っておくべきであった。今さらながらそんな後悔が頭をよぎる。

まさか叶わぬと諦めてしまっていた大願をこの世にて成就させてくれるとは。殺しあいができるというのならば、わたしはどれほど祈りを捧げても苦にはならないだろう。

敵となるその陰陽師は、漫画の終わりには後に伝説となって崇《あが》められるほどに陰陽道を極めたはずである。ならば不満などあるはずもなかった。

生涯を剣に捧げ、剣の秘奥をただひたすらに磨く。そしてその果てにあれほど望んでいた強者との殺しあいにて首を刎《は》ねられるのだ。

ああ、なんと幸せなことだろうか。これほど幸福な者は誰もいないだろう。

殺しあいのその瞬間を思うだけで恍惚《こうこつ》に頬が染まってしまう。どんな時も諦めることのなかった漫画のなかのあの陰陽師は、まぎれもなくわたしの願った敵だ。

その殺しあいが望ましくないわけがなかった。

それだけではない、人の命を奪いとろうと襲いかかってくる恐れ知らずの妖まであちこちに巣くっているのである。怖くなるほどにおあつらえむきであった。

これほどまでに死臭が漂っている、なんと良い時代に生まれたものなのだろう。

わたしはこの世でこそまさに満ち足りて死ぬことができるように思えた。最期が陰陽の天才の手にかかるというのならば、悔やみきれない悔いのなかで腐ることもない。

まだ知らぬはずの宿敵というのに、瞼《まぶた》を閉じるだけで生き生きと描くことができた。

「いざ尋常に勝負願いましょうぞ、わたしの生涯の敵よ――」

思わず心のうちが口から滑り落ちてしまう。まるで恋するようにわたしの頬は赤く染まっていた。

夜遅くになって、わたしはそろりと門から顔をだした。庭のほうからかがり火の弾《はじ》ける音にまじって家の者たちの笑うのが聞こえてくる。

そろそろ父の怒りも鎮まっているだろうか、願いながら屋敷にあがった。

ほの暗い灯《あか》りに照らされて、父の影がぼんやりと障子にうかびあがっている。

「秋継、帰ったのだろう。ここにきなさい」

父のくたびれた声が聞こえてきた。慌てて服についた木の葉やら枝やらをはらったわたしは恐る恐る障子を開ける。

五十神家は陰陽道の大家であるとはいえ、それがすぐに権力に結びつくわけではない。父も陰陽道の達人ではあるが、少納言の座にしがみついているにすぎない。

ゆえにか、父はいつも苦労人のような苦々しい顔をしている。

「家の者から聞いたぞ、また漢文の講義から逃げたようだな。いいかげん剣などという時代遅れの遊びにふけるのはやめなさい」

わたしが父のそばに座ると、ため息まじりの説教が始まった。剣を愛するわたしにとって父の言葉というのは顔をしかめざるをえないようなものばかりである。

「せめて陰陽道に熱をあげるというのならば喜んだものを。今の世で剣などなんになるというのか」

この世では貴族は陰陽道を貴ぶ。剣術は術をつかえぬ野蛮な者の卑しい技として忌み嫌われていた。せっかく心躍る殺しあいの絶えないこの世であっても、かつての世のように剣が廃れている。そのことがわたしはただひたすらに悲しいのである。五十神にはいくつもの剣の書物が蔵されていた。わたしがもっていった指南書もそのうちのひとつだ。

その書物を学び剣術を身につけるに従って、わたしは感嘆していくばかりであった。はるか昔より伝えられた剣術の数々はただひたすらに美しく、息をのむようなものばかり。

というのに父も家の者も陰陽道ばかり口にする。あまりにもどかしい。

「なぜ、それほどまでに剣を嫌うのです。われら五十神家の祖は東国を征した偉大なる武命《タケミコト》、その英雄の剣を学ぶことがどうして卑しいというのですか」

「兵どもが剣や槍で戦うなどもう古いのだ。五十神家のうち剣にこだわった者たちがどうなったか知っておろう。剣では陰陽道には勝てぬ、それこそが実《まこと》である」

陰陽道。

それはあちらこちらの呪をかき集めた術のことであり、銃や火薬のように剣から戦を奪った技。剣よりも速く強く敵を滅ぼすその威をこの世では誰も疑おうとしない。

剣で人ひとりを斬り殺そうかと考えあぐねているうちに、陰陽術は軍をまるごと炎にくべてしまう。ならば剣を学ぶなど愚かしいにもほどがある。それがこの世であった。

陰陽道が興った時、貴族はふたつにわかたれた。すなわち陰陽に飛びついた者と剣にしがみついた者とである。その後は語らずともわかろうというもの。

わたしは不満だが、それでもこの世では剣は陰陽道に敗れたらしかった。

「漢文がつまらないというのならこれからは陰陽道で遊びなさい。それならばわしもこうして叱らずにすむ」

「わかりました、お父様」

わたしはしぶしぶといった風に頭をさげる。だが、父にみえないようにして舌をだすわたしは、剣を諦めるつもりなど毛頭なかった。

かつての世、あの夜に師が魅せた剣、あの胸の鼓動が絶えるはずなどないだろう。

どうせ父もしばらくすれば油断をするに違いない。それからゆっくりと気づかれぬように剣を学んでいけばよいのだ。慌てずとも蔵にある指南書は逃げていかない。

「よかった、ならばその懐の指南書を渡すがよい。もう秋継にはいらんだろう」

わたしは父の口がかすかに笑っているのに気がついた。まるでしてやったりというような、悪だくみのなったような顔である。

わたしは、背筋に冷たいものが走った。

おかしい、なにもかもがいつものようであるのに、父の笑みにわたしはそこはかとない恐ろしさをみてしまう。いつしかわたしは書をもつ手に力をこめていた。

「どうした、はやく渡さんか。頷《うなず》いたのだろう、わしの言葉に従うと」

だが、しおらしく頭をさげた後のわたしは己の吐いた言葉に逆らうことなどできない。ためらいながらも、わたしは父に大切にかかえていた剣の指南書を渡した。

「それでよい、五十神の跡を継ぐ者として正しいぞ」

父がたちあがり、庭へと続く障子を開ける。夜だというのに煌々《こうこう》とさしこむ赤の光で父の背が黒くうかびあがった。

なにかがおかしい。わたしは庭にそっと目をやった。

「は、へ」

わたしの瞳がこれでもかと開かれる。目にした悪夢のような光景に歯がかちかちとうち鳴らされ、耳に入ってくる笑い声が遠くなっていった。

庭では盛んに炎が燃え盛っている。

家の者たちが談笑しながらわきにつみあげられた古びた紙きれを炎にくべていた。バチバチと激しい火のはじける音が聞こえてくる。

今も燃やされるその紙の束に、わたしは覚えがあった。

「な、なにをしているのです。この世に残されたなけなしの剣の書を、いったい」

「わしが命じた。この世は陰陽道の春よ、もはや古びてかびの生えた剣術書など蔵の肥やしにもならぬ」

父がわたしからうけとった指南書を炎にほうりなげる。すこし先までわたしの手のなかにあった書はあっというまに黒焦げになって消えてしまった。

「わかったか。これで剣などという寝ぼけた話は終わりだ！」

思わず飛びだそうとするわたしに父が怒鳴る。

金縛りにあったかのように動けないわたしは、剣に生きたかつての偉人たちの知のすべてが黒い煙にまかれて燃えていくのを、ただひたすらに目にすることしかできなかった。

この世のものとも思えない惨劇に、わたしの頭は白くなった。こんなにも愚かな、剣への嘲りをわたしは目にしたことがなかった。

これは悪夢だ、そうに違いない。

そう現実から目を背けるわたしを、燃え盛る炎が笑う。これが人の業だというのか、妖ですら温《ぬる》くみえるほどのこんな残酷なことが。

ぼうと炎をみつめるわたしの頭に、父の手がおかれる。縊《くび》り殺したいほどに憎いこの男への怒りをわたしはなんとかこらえた。

書を焼かれたとはいえ父を殺すのはどうあれ義に反する。師の教えを守らなければ。

「これで剣にはもう興味がなくなったであろう」

「はい」

乾いた唇でわたしは父の言葉にこたえた。気がつけばきつく握りしめた手からは血の雫《しずく》がたれている。

父が去った後も、わたしは赤い炎をずっとみつめていた。


「あれから若君も静かになったものだ。剣など一言も口にせず、ずっと漢文や和歌ばかり勉強している」

「初めはやり過ぎだと思ったが、殿の考えが正しかったのかもしれぬ。やけに大人びているとはいえ若君も童、厳しく叱りつけて貴族の心を教えるべきだったのだろうな」

家の者たちが落ち葉を掃いている。詠んだ和歌を紙にしたため、わたしは夕焼けで赤く染まった庭に降りた。

家の者たちが慌てるのをわざとらしく咳《せき》をして、みなかったことにする。わたしは手にもつ紙に書かれた和歌をみせた。

「すみません、先生たっての望みで和歌を詠んだらすぐみせるよう言われたので。日が暮れるまでにはもどってくると、お父様にもそうお伝えください」

「わかりました、お気をつけていってらっしゃいませ」

頭をさげる家の者たちのそばをすりぬけ、わたしは堂々と門へ歩いていく。

「そういえば、すぐそばの和歌の先生の屋敷までいくだけなのに、どうして若君は棒きれなんてもってたんだ」

「ん、そうだったか？　俺はみなかったな、間違いじゃないのか」

「それもそうか。若君も殿の怒りでさすがに懲りただろうし、まさか今ごろになってまた剣に熱をあげるなどな」

家の者たちの笑い声が庭に響いたころには、棒きれだけもって和歌など破ってしまったわたしは大路を歩いていた。

あれから考えてみたのだが、どうもわたしは剣を捨てられぬらしい。

それもそうである。かつて死ぬより先からずっと風雨吹きすさぶなか剣の道に生きてきたのだ、今になって諦められたのなら苦はない。

わたしは貴族の栄達などよりも剣のほうに魅せられている、それだけの話である。

そうしてどうすればこれからも剣の道を生きられるのか考えた果てに、親不孝者のわたしは父よりお暇《いとま》をもらうことにしたのだ。

父にはこれまでの飯の恩がある。父に養われながらその言葉に耳を傾けぬというのは義が許さないだろう。ゆえにけじめをつけなければならない。

つまり、家を捨てるということである。

かつて師とふたり北の山にて暮らしていたころを思い出し、懐かしくて笑いがもれた。山にこもるのも久しぶりだ、そもそもこの幼い童の身でできるかどうかも怪しい。

まあ、死んだのならわたしの剣の道もそこまでであったというだけなのだが。

父にこれまで育ててもらったことを思うと心が痛む。剣を嫌う父とはいえ、その感謝だけは忘れることはない。

「お世話になりました、お父様。思いに背き剣を追う愚かなわたしをお許しください」

そうしてわたしは夕焼けの京へと歩いていった。


真っ赤な夕日が山の奥へと沈んでいく。秋の日は短いものである。

ともかく京のすぐそばにある深叡山《しんえいざん》をひとまずの庵《いおり》と考えて、わたしは西へと歩いていた。

右京にさしかかり、あばら家ばかりが目に入る。

京の西を流れる鳶川《とびがわ》はときおり溢《あふ》れ、もとは湿地であった右京を襲った。鳶川の治水はいかなる帝《みかど》もなすことあたわず、やがて誰もいなくなったという話である。

わたしも目にするのは初めてであったが、なかなか寂しいものだ。

濁って緑の沼があちこちに散らばっている。ぐずぐずの泥に足をとられてうまく歩くこともできない。あれほど栄えていた大路とおなじ京のなかだとは考えられなかった。

じっとりとした湿り気がわたしの肌をなでる。

背筋をぶるりと震わせたわたしは、べちょべちょと湿った音をたてながら沼地のなかに入った。とかくこういう心地の悪いところはさっさと去ってしまうに限る。

誰ひとりいない道をひたすらに歩いていると、遠くからしゃがれた笑いが聞こえてきた。ゆく先でうずくまる老人が口にしているようであった。

泥にまみれ、ひたすら狂ったように笑っている老人はどうみてもよろしくはない。煩わしさが頭をよぎったものの、わたしは老人に駆けよった。

剣の修羅とはいえ、人の道に背くつもりはない。師の教えは守らなくては。

「老人、どういたしましたか」

「く、くくく……。まさか、このわしがこれほどまで衰えておったとは」

いまだ笑い声をあげ続けている老人をはっきりと目にして、わたしは眉をひそめた。

鯰《なまず》のように泥のなかで悶《もだ》えている老人の四肢は酷《ひど》く痛めつけられていた。赤くなった肌をみるに、骨が折れていなかったとしても激痛が走っているだろう。

かろうじて生きているというほど弱っているはずの老人は、それでも笑っていた。

野盗であろうか、それとも泥に足をとられ酷くこけてしまったのであろうか。だとしてもどうして笑っているのだろう、よくわからない。

わたしがいろいろと考えていると、老人がかすれた声をあげた。

「まったく愚かな生よな。かようなところで死に晒《さら》すとは」

「そうとも限りませんよ、わたしが人のいるところまで運んでさしあげましょう」

わたしには老人の言葉はよくわからなかった。たしかにこのまま野ざらしでひと晩をすごせば朝までに妖の胃のなかにおさまっていただろうが、ここにはわたしがいるのだ。

「ふ、ひひひ。できればいいのう」

そんなわたしを嘲って老人はしゃくりあげるように笑う。とにもかくにもと、わたしが老人をおぶろうとした時であった。

ちゃぽん。なにか、泥水が跳ねる音がする。

おかしな話であった。この沼地にはわたしと老人のほかには人ひとりいるはずもないし、鳥ももう巣で眠りについているはずである。

わたしは、ぼろぼろに崩れた土壁と荒れた屋敷ばかりが目につく沼に目をやった。ところどころ枯れた木が飛びでているほかには命をすこしもみつけられない。

ちゃぽん。また、泥水の跳ねる音がする。

わたしはまたあたりに目をやった。先ほどのままである、廃れてかつての栄華などみる影もないあばら家があるだけだ。

蛙《かえる》かなにかが跳ねている、そう考えるのが正しいのだろう。だというのに、わたしの肌にぴりぴりとしびれるものがあった。

さらに注意深く目をこらしてみる。どうも疑う心が晴れない。

ぐるりと目をまわりにやって、ふと気がついた。そういえば、先ほどまで歩いてきたはずのあぜ道、それがまるでくりぬかれたかのように消えている。

老人がかたかたと笑った。

「罠《わな》じゃよ、これは。わしが餌で、ちょうど獲物がひっかかったというわけじゃ」

ずん、とあたりの泥が震える。

考えるよりも先にわたしは動きだしていた。老人をつかみ、そばの沼へと飛びこむようにして倒れる。

瞬間、先ほどまでの道をのみこむようにして泥が噴きだした。満月の光を遮るほどの大きななにかがわたしたちのすぐそばを蠢《うごめ》いている。

あとすこし遅れていたのならば、逃げることもできずに巻きこまれていただろう。

黒々とした泥の奥からは紅と白との鮮やかなまだらが露《あら》わになっていた。老人をかかえたまま後ずさると、そのすべてがわたしの目に入る。

ようやくわかった、泥の山にみえるこれは、恐ろしく大きな鯉《こい》なのだ。

鯉のうろんな目がわたしをじっとみつめる。そこにはすこしの怒りや憎しみもなく、ただ獲物を口にできなかった煩わしさだけがあった。

その鯉の妖は、無駄に終わった口をガチンと閉じる。ぶよぶよとした気味の悪い唇を震わせながら、また泥のなかに沈んでいった。

「古《いにしえ》の、それこそ先の先の帝から生きておる妖じゃよ。ここにずっと隠れて人を喰っておったんじゃ。どれほど胃におさめたのか、ずいぶんと肥え太っておるな」

どこか人ごとのような老人はなぜか楽しげな声で笑っている。

鯉の妖はもうすっかり泥に消えてしまって、あの毒々しいまだらはみえない。また沼には痛いほどの静けさが帰ってきた。

もちろん、この平穏などはみせかけの嘘《うそ》にしかすぎない。今もあの鯉の妖は泥のなかで、わたしたち獲物を喰らわんとじっとみつめているのだろう。

「んで、どうする。わしを助けるつもりはまだあるかの。もし、わしをおいてここから逃げれば命はあるやもしれんぞ」

老人がからからと冷やかすようにわたしの瞳をのぞきこんでくる。わたしの顔にあるだろう恐怖を笑おうとしたのだろう老人はしかし、首をかしげることとなった。

「なぜ、笑っておるのだ。このままでは死ぬのだぞ」

己の顔に手を触れずとも、わたしはわたしが笑っていることを知っていた。紅潮した頬が熱い。

「ああ、ようやくです。ようやく、殺しあえる」

ずっとこらえてきたのだ。己の願いをぐっと殺して、今の今まで。

父はわたしが妖とでくわさぬよう心を砕いていた。己の子が妖の腹におさまらぬようにと、夜にはなにがなんでも家に帰るようにと。

そんな親の心に気をやって、わたしも妖との殺しあいをこらえてきた。産み育ての恩に気後れして、ずっと己の心に背いてきた。

だが、家を飛びだしてしまった今となっては、そんな義などもはやない。

「ご老人、剣をお借りしますよ」

「童のくせに、剣であの妖を斬るつもりか。やけくそになったか、それともあきれるほど愚かであるというのか、どちらであろうな」

眉をひそめる老人から腰にはいていた太刀をいただく。

ああ、ずっとこの時を焦がれていた。死ぬより先から、ずっとほんとうの殺しあい、命を心から奪おうとする者と、技の、力のくらべあいをしたかった。

心からの喜びで魂が震える。

鯉のあのどろりとした生気のない瞳を思いだして、ゾクゾクと背筋に狂気のような喜びが流れ落ちる。あの、こちらを殺すことしか考えていない瞳。

無理やり戦わされている人のもつ怯えがすこしもないあの鯉の妖こそが、わたしがずっと待ちわびていた強者であった。

「帝のおわします京だというのに、かような妖が隠れているとは思いもしませんでした。貪欲にわたしを喰らわんとするそのひたむきさ、なんと素晴らしいのでしょう」

こんなふうに思いを口にしてしまうなど、義を考えればなんとはしたないのだろう。己の未熟を恥じながらも、わたしは跳ねる鼓動をおさえることなどできなかった。

まるでこれから始まろうという血みどろの殺しあいから目を背けるように、満月が雲のあいまに隠れていく。沼はもはや漆黒となり夜の闇とみわけがつかない。

わたしはおぼつかない手で鞘から刀をぬいた。

「では、そこの名も知らぬ鯉よ。いざ尋常に真剣勝負を願いつかまつります」

かつて師から学んだ剣というのはもちろんであるが人と殺しあうために考えられた術である。なんと師はその技をもって熊の首を断ったわけであるが。

それはともかくとして、いくら師の剣といえども妖を殺すにはむかない。

この世でも人を殺すのには極めて優れていようが、敵は鯨ほどの大きさのある鯉である。そもそも首をすこし斬ったからといって死ぬかもわからない。

妖とはそういうものなのだ。

だが、いやゆえにこそ、かつての人々は妖をただの鋼の塊で殺すための技を考えだした。わたしが指南書から学んだ技のいくつかもそれである。

すなわち、己よりもはるかに大きな妖、それを断ち斬る術はすでにあるのだ。

剣の背に手をあて、下に傾けた刃を離す。まるで剣を抜き放とうとする瞬間かのようにして、わたしは静かに鯉を待った。

ちゃぷ、ちゃぷと泥が波だって音を奏でる。

温《ぬく》い泥の奥から、鯉の妖がこちらをみつめているのをわたしは感じていた。いきなりきらきらと光る鋼をもって動きを止めた獲物を、じっとながめているのだ。

だが、どろりとした瞳から伝わる貪欲はあいもかわらずである。

笑みが深まる。はやく襲いかかってこい、わたしの骨と皮だけの肉をかけて殺しあいを楽しもうではないか。

泥まみれになって尻をついている老人がぎょろぎょろとした目でわたしをみつめている。その瞳には疑いと、そしてなぜか驚きがあった。

「その技、まさかわが五十神の……陰陽道に魂を売ったあの京の家の童だとでもいうのか」

老人の言葉に気をとられたふりをしてわたしは顔をふりむかせる。わたしが敢《あ》えてつくったその隙に鯉の妖は食らいついた。

わたしのすぐ先に、まるで洞窟の奥のどんよりとした闇をぎゅっと集めたかのような空洞が現れる。がぱりと開けられたその口はぶよぶよの灰の唇で縁どられていた。

肉の腐ったような吐き気のする臭いが鼻をさす。

鯉の妖に飲みこまれようとするなか、わたしはゆっくりと剣の刃を煌めかせた。


かつて、南海の寒村にひとりの娘がいた。親からひたすらに愛され幸せに暮らしていた娘を悲劇が襲う。漁にでた父が船ごと海入道に喰われてしまったのだ。

ただでさえ人のいなかった寒村の漁師は一人残らず海入道の腹におさまり、村には娘ひとりが残った。娘は美しい黒髪をざんざんばらばらにして憎悪に狂う。

それからひたすらに剣を振るった娘は、ある日の晩に小舟で沖へと漕《こ》ぎでた。それからいくつもの冬をへたある日の朝、鯨ほどもある海人道の首がそばの村の浜へと流れついたという。

そんな、かつて指南書にて目にした昔話を思いだす。

時は違えどもかの娘に今のわたしが学ぶことは山ほどあった。己の身をはるかに超える巨大な敵に挑み、それに勝つための術である。

娘は最後まで海入道ほどの怪力を手に入れることはできなかった。ゆえに、人の振るう剣をもってかの強大なる妖を葬る技を血を吐いてでも編みだした。

鯉のなにもかもを飲みこむような暗闇が迫る。

わたしは避けることもせず、そのままなま臭い鯉の口のなかへと吸いこまれるようにして入っていった。

なにもかもが暗闇につつまれた瞬間、閉じていた瞳を開く。

そして、己のすべての力をこめて鯉のなかから鯉に剣をつきたてた。気味の悪いほどに赤い鯉の肉が、おもしろいように斬り裂かれていく。

鯉がわたしを喰らおうというのならば、よかろう。その勢いをもって柔らかな血肉をうちから斬りつける力とかえてしまえばいいのだ。

かつて漁師の娘が海入道の喉をうちから裂いたように、わたしの剣もまた鯉の腹をうちから破り、臓物をあたりにぶちまけさせた。

肥えた鯉の脂がわたしに纏《まと》わりついてくる。鯉に食われたのであろう鹿や猪《いのしし》や人の腐った肉が水干を汚していく。

それでも、つきたてた剣に力をこめ続ける。

やがて、鯉の腹を口から尾びれまでかっさばいたわたしはようやく秋の冷たい風を肌で感じることができた。

臓物をまき散らしながら、己を苛《さいな》む激痛に鯉がのたうちまわっている。暴れる鯉にあわせて沼の泥が怒濤《どとう》となってあちこちのあばら家をなぎ倒した。

殺しあいのなかで痛みにうめく、それはあまりにも大きな隙を生んでしまう。

鯉が陸のうえにあるうちにその息の根をとめてしまおうと、わたしは鋭く剣をないだ。迫るわたしの刀から、鯉は残った力を奮いたたせて逃げる。

血が舞った、だが傷は浅い。

すんでのところで鯉の命を逃がしたわたしが未熟を悔いているうちに、鯉の妖は声にならぬ声をあげながら泥のなかへと消えてしまった。

泥に潜られるより先に殺しきってしまおうというわたしの試みは、無駄に終わったらしい。なかなかどうして油断のならない敵である。

それにしても、頭のてっぺんから足のつま先までぐずぐずとした鯉の臓物で汚されてしまった。すえた臭いがしてくるのに顔をしかめながらも、剣をぐっと握る。

剣をはらって、わたしはまた鯉が襲いかかってくるのを待った。

しかし、待てども待てどもあの紅白のまだらはどこにもみえない。わたしは心が失望で濁っていくのを感じた。

まさか、逃げだしたのではあるまいか。かつての世で殺しあった人のように、死に瀕《ひん》して恐れをなしたのではないだろうか。

そんなふうに怒りすらにじませてわたしがため息をついた時であった。

すっと、わたしたちから離れたところに鯉の妖が顔をだす。どうやら尻尾をまいて逃げていったわけではなかったらしい、疑ってしまっていたわたしは己を恥じた。

とはいうものの、姿を現した鯉が弱りきっていることに違いはない。

赤い血がその鱗《うろこ》にこびりつき、わたしに裂かれた腹からは時折ぼとぼとと臓物がこぼれ落ちている。瞳は先ほどまでよりもさらに生気を失っていた。

まさに虫の息、といった風である。

だが、そんな鯉の妖をみてもわたしはまったく気落ちなどしなかった。嘲ったり、馬鹿にしたりするつもりはなかった。

なぜなら、鯉の妖はわたしをいまだ喰らおうとしているのだ。

あれだけの傷を負って、死にゆこうとしていながら、あの鯉はいまだわたしを殺したいと、食したいと願っている。

これだ、これこそがわたしの戦いたかった強者なのだ。死に瀕してもなおこちらを殺そうとできるもの、かつての世ではついぞ会うことのできなかった強者。

それが獣ゆえのあわれな貪欲であったとしても、わたしは敬わずにはいられなかった。

「さあ、そろそろけりをつけましょう。どちらかが死ぬまで殺しあいというものは終わらないのだから」

鯉の妖に語りかける。

食らうことしか考えていない鯉の妖は、恐らくはわたしの言葉を解さないであろう。戦いを楽しむなど、そんなものはわたしの我欲でしかないのだから、それでよかった。

殺しあいに言葉などいらない、ただ命を奪いあうのみである。

鯉の妖がぶるりと身を震わし、動きだす。がむしゃらに水しぶきをあげる尾びれが鯉の妖を駆りたてる。鯉はやがてわたしの周りを泳ぎだした。

鯉は、沼のあちこちに己の肉をまき散らしながらわたしを狙う。わたしもまた、剣をさげて鯉を待った。

鯉にとってこれがわたしを喰らうことのできる最期の時、ならばくるであろうその一撃はすべてをかけた重きものとなるだろう。その瞬間は、すぐにやってきた。

鯉の妖が凄《すさ》まじい怒濤をあげていきなりわたしの背めがけて襲いかかる。雲が晴れて顔をだした月が、鯉の美しい紅白の鱗を輝かせた。

臓物が宙を飛ぶ。どろりとした鯉の瞳はわたしを離そうとはしない。

鯉の妖は、まっすぐにわたしを喰おうと迫ってきている。畏敬をこめて、わたしは渾身《こんしん》の力にてその頭に刀を斬り入れた。

鯉の身に刃がすっと食いこんでいく。びくりと鯉の妖が震えた。

だが、もうなにもかもが遅い。もう鯉は己の勢いを殺すことなどあたわず、おしあてられた刃にてその身をふたつに斬られるほかなかった。

瞬間、鯉の濁った瞳が白くなり光を失う。宙を舞う鱗がきらりと輝いた。

死してなお、勢いのおさまらぬ鯉の妖はそのふたつに斬られた身でずずずと泥のなかをすべる。いくつかのあばら家を吹き飛ばしながら、ようやく静かになった。

もう、鯉の妖は動かない。

わたしは剣についた鯉の肉をふりはらい、鞘におさめた。いまだ高鳴る胸をおさえ、わたしは鯉の妖の亡骸《なきがら》をじっとみつめる。

なんと素晴らしい敵であったことか。最後の最後まで喰らうことを諦めはしなかった、そんな鯉の妖にわたしは畏敬を禁じえなかった。

「名も知らぬ鯉よ。この真剣勝負、実に心躍るものでした。願わくは、また黄泉《よみ》にて剣をまじえましょう」

遠くで老人がわたしをじっとみつめているのを感じる。名残惜しさをふりきって、わたしは鯉の亡骸から去っていった。


かつての世でも、わたしが幼いころにはこれぐらいの殺しあいには困ったことなどなかった。

鯉の妖ほどではなくとも戦うことのできる強者はいた。

それが、なぜあんなことになってしまったのだろう。

ようやく殺しあいへの飢えが満たされたわたしは、遠い昔となったわたしが幼子であった時のことを思った。

間章　剣の修羅、幼子にて

わたしが生まれたのは北海道の寒村であった。家は徳島のほうの侍であったそうだが、明治維新の騒乱の果てに北の果ての大地まで逃げてきたのだそうだ。

家は貧しく、暮らしは苦しかった。

穏やかな晴れの日ばかりだった淡路島《あわじしま》と冬には雪に閉ざされる北海道との違いに父も母も病む。山奥にて木を伐《き》って銭を稼いでいたのだから、なおさらだった。

幼いわたしにとって、この山奥の白黒の景色だけがすべてだった。

喜びに胸を躍らせることも、歯を食いしばって大業をなすこともない。ただ白い雪と黒い森に潰されて静かに凍っていく、そんな人生が続くと信じていた。

そのすべてが斬り飛ばされたのは、あの冬の夜のことだった。

昼、村で熊に襲われた者がでた。

熊というのは恐ろしい獣だ。村にある古めかしい銃では熊を殺せるかもわからなかったし、人の数も欲しい。ふもとの街から警官や兵隊に助けを求める話になった。

急ぎということで、その晩のうちにわたしは街まで駆けることになる。

雪の降り積もった道を、大きな月にみつめられながらわたしは走った。息をきらしながら白と黒の道なき道を駆けていく。

そうしてどれほど走っただろうか、いきなりわたしは背に鋭い痛みをうけて雪に倒れこんだ。わたしは熊が後ろから迫っていることに気がつかなかったのだ。

それは、熊にとってのこのうえない幸運だったのだろう。わたしがここで死ねばふもとからの助けが遅れる。そうすれば村ひとつなど食いつくされてもおかしくない。

なんとしても生きて、ふもとまで。

雪に埋もれたわたしは、真っ赤な鉄をおしあてられたように熱い身を庇《かば》いながら転がりまわった。すこしでも熊から逃げようとした。

すぐそばから目にした熊の影は、黒く大きくまるでおとぎ話のなかの鬼のように恐ろしい。どんよりとした瞳はまるでおなじ命をもつ生き物だとは思えなかった。

悲鳴をあげながら、わたしは後ずさる。

どんどんと血も熱も流れて、わたしから力を奪っていく。熊は弱ってゆく獲物の隙を油断なく狙っていた。

ついに膝をついたわたしに、熊はゆっくりと歩いてくる。

ひたひたとせまる恐怖に心が死んでいく。白と黒のこの世から、わたしは終《つい》ぞ逃れることはできなかったのだと、そう瞳をつぶった時だった。

「おい、熊っころ。そこの餓鬼ひとりじゃ腹は満たされんだろう」

しゃがれた声であった。わたしはふと遠くにひとり老人がいることに気がついた。月の光を映して、その手の刀がきらりと輝いている。

わたしは声にならぬ声をあげようとした。

「わたしはもう駄目です、ですから逃げてこの先の村に熊がでたとお伝えください」

そう声にしようとした。

だが、もう指ひとつも動かせない。わたしのかすれた声など吹雪にかき消された。熊が牙をむいてその老人へとむかっていく。時に銃でも殺せない熊に、老人は頼れるはずもないちっぽけな刀をむけた。

あの老人も殺されてしまう、わたしはそう思って目をつむった。熊に襲われて刀で戦えるはずがない、そんなものはおとぎ話のなかだけであろう。

だが、しばらくして聞こえてきたのは老人の悲鳴でも、骨の嚙《か》み砕かれるぞっとするような音でもなかった。つんざくような獣の叫びがあがる。

瞳を開いたわたしが目にしたのは、宙を飛ぶ熊の腕であった。

俵ほどもある毛むくじゃらの腕がおもしろいように飛んでいる。流れだす血に怒る熊に、老人は静かに剣をかまえた。

それからの戦いは、わたしの心に焼きつけられる。

ありえないはずだった、熊にただの人が刀で戦うなど。なのに、老人はすこしの狂いもなく熊を斬っていく。それはまるで神に捧《ささ》げる舞のようであった。

白と黒の世を、熊の血が赤に染めていく。やがて熊がその巨軀《きょく》を地に倒れさせた時、老人はその隙を逃さず熊の首を刎《は》ねた。

真っ赤な血が飛ぶ。それは、ほんとうに美しかった。

雪の白と森の黒。それだけしか知らなかったわたしに、老人がみせた赤はあまりにも鮮やかで、きれいだったのだ。

老人の刀はなんと美しいのか。それが、わたしが剣の道に魅せられた時であり、そして剣に恋をした時であった。


訊《き》けば、老人は将軍について蝦夷《えぞ》の地まで戦い続けたまさに最後の侍なのだそうだ。なんの因果か函館《はこだて》を生き残った老人は明治政府に身を追われることとなった。

逃避の旅の果て、わたしが熊に襲われているのが目に入ったという。

つまりは、とてつもなく不運であったのは熊であり、わたしこそが幸運であったのだろう。

老人は木刀と刀をひと振りずつのほかはなにももっていないようだった。

熊を倒し、村を救ったはずの老人に、人々は冷たかった。

それもそのはずで、村の者はかつての騒乱でただでさえ政府に目をつけられている。さらにお尋ね者をかくまえるほど心が強くはなかったのだ。

老人にはすこしの間の宿をやるといって、村の者は隙をみて密《ひそ》かに警察を呼びにやった。その始終を耳にしたわたしはすぐに老人にすべてを知らせた。

「なるほど、もう佐幕の火はとうに消されておったか。徳島の者ならば、あるいはと思ったのだがの」

悲しげにそう呟《つぶや》いた老人は、旅を続けるらしかった。蓑《みの》を羽織る老人に、わたしは弟子として旅につれていって欲しいと願った。

「もう、剣の道は終わりだ。これからは殺人剣など誰も学ばぬ。銃に大砲が戦を奪ってしまったのだから」

そう断る老人に、わたしはそれでもとすがった。あの晩に目にした老人の剣、どうしても頭から離れない煌《きら》めきを、ここで逃せば一生の悔いになると悟っていたのだ。

「わたしはもうこの村にはいられません。捕まえて警官に渡すはずだったあなたが逃げたとなれば命を救われた恩のあるわたしに疑いがかかるでしょう。お願いです」

そう言葉にして初めて、老人はしぶしぶ頷《うなず》いてくれた。

それからの日々こそが、わたしにとってもっとも幸せな月日であっただろう。老人に剣を学び、そして追ってくる警官と殺しあいを続ける。

時には陸軍の兵隊と争い、あるいは凄腕《すごうで》のマタギに命を狙われる。

それは、実に満ち足りた日々だった。

だが、この世に永遠はない。

師はやがて病に倒れ、もはや追手から逃れることもできなくなっていった。師を追ってきた警官隊をわたしが皆殺しにした晩のこと、師は己から縄にかかると言いだした。

「もう、儂《わし》は存分に斬りあった。悔いというものがあるとするのならば、餓鬼の才の咲くのをみることが叶《かな》わぬことよ」

病床にて血まじりに笑った師はわたしに木刀と刀を預けてきた。わたしはそれをただ握りしめることしかできない。

「義を忘れるでないぞ、それを失えば儂らはもう剣の修羅ですらなくなってしまう。人であり続けなさい」

国の手にて師の首が落とされたと知ったのは、それから数日後のことであった。


それからも、わたしは旅を続けた。

殺しあいを求めて、戦場を渡り歩いた。師の遺言たる義を守り、ただひたすらに斬り続けた。

泥にまみれたソンムで、雨の降りしきるビルマで、砂嵐のアルジェリアで。

わたしは人としての義に従い殺しあいを楽しんだ。

だが、殺しあいを求めてこの世を旅するうち、わたしは嫌でも戦というものがおかしくなっていくことに気がつかされた。

もはや戦とは殺しあいの技を磨いた者たちのものではない。街の八百屋が、田舎の農家が、果ては右も左も知らぬ幼い子が、銃をもたされて戦うものになっていた。

銃弾の雨をくぐりぬけ砲弾の林を駆けて顔をあわせた敵が、失禁しながら神に祈っているのを目にして、わたしはもう願っていた殺しあいは叶わないのだと悟った。

わたしが願うのは強者との、たがいに命を奪いたいと叫ぶ者との殺しあいなのだ。そこらにいる戦を強いられたただの人を殺してなんになるか。

侍の時代が終わった今、もう戦に強者はいない。なるほど、大砲に戦艦は刀よりも優れているのだろう。だがそんなもの、わたしならば懐に飛びこむなど易《やす》い。

しかしそうして戦車や大砲を斬り裂いてそれを操っていた者と顔をあわせた時、わたしはどうすればいいというのだ。そこにいるのはただの人、強者ではないのだから。

そのことに気がついた時、わたしはもう戦いを楽しめなくなった。

第2章　剣の修羅、道場にて

「それでは、人里までお運びいたしますので」

老人のもとまで歩いたわたしは背をむけてしゃがみこんだ。

老人の四肢がひどく痛んでいて助けようとしたのがもともとである。義に従うのならば、老人を人気のあるところまで連れていくべきだろう。

だが、しばらく待ってもわたしの背には重みがかからない。わたしが臓物と血で汚れきっているからためらっているのだろうか、わたしは老人に声をかけた。

「どうしました、ご老人。また妖《あやかし》がでないとも限りません、はやくここを去りましょう」

「先ほどのあの技、まさかと思うが……」

なにやら呟《つぶや》いている老人に、わたしは思わず顔をしかめてしまう。

京を晩のうちに去らなければ父の追手がやってくるやもしれない。気が動転した父の命に従っただけの家の者を殺すのは、義に背くやもしれなかった。

「すみません。実は家から飛びだした身ゆえ、いつ家の者に追われてもおかしくないのです。

はやくしていただけるとありがたいのですが」

「お待ちくだされ、まさか逃げだした家というのは五十神《いそがみ》ではありますまいな」

老人の言葉に、わたしは首をかしげる。そういえば、鯉《こい》の妖と戦っていた時もなぜかこの老人はわたしが五十神の者でないかと疑っていた。

どうしてそんなことがわかるというのか。

「ええ、そうですが。それがいったいどうしたというのですか」

「お、おおおおお！　神よ仏よ、この縁に感謝いたしまする。絶望にうちひしがれておったところに、これほどの奇跡を起こされるとは！」

老人が涙を流しながら、わたしにしがみついてくる。感謝されるのはよいことなのであろうが、はやく山ごもりをしたいわたしとしてはいささか煩わしかった。

そんなことを考えていると、ふと老人が静かになっていることに気がつく。

不思議に思って起きあがったわたしが目にしたのは、泥で汚れるのもかまわずに額を地にこすりつける老人であった。

「その齢《よわい》にしてあれほどの剣の腕、さぞ剣に才をお持ちと存じます。かくなれば願いがございまして、絶えゆくわが流派を継いでくださらぬか！」

老人の言葉にわたしは思わず耳を疑った。

たしかにわたしが老人の命を救ったことは確かだ。とはいえそれはそれ、どこの馬の骨とも知れぬ者に剣の流派を継がせるなど正気ではないとしか思えなかった。

「かようなこと、すぐに頷《うなず》くわけにはいきません。そもそもご老人の流派というものをまったく知らぬわたしに跡継ぎなど務まるわけもないでしょう」

いたってまっとうなはずのわたしの言葉に、老人はなぜか口が裂けるほど笑う。

「いえいえ、すでに学んでおるではないですか。わが五十神の技を」

「つまり、ご老人はかつて剣の道を歩み続けた五十神の家の末流であると。なるほど、ゆえにわたしの剣をみて驚いていたわけですか」

「そうでございます。もはや、わしのみ世に伝える者となっておると思っておった五十神の剣を目にして、腰をぬかすかというほどに驚きましたぞ」

老人がからからと笑う。骨ばってやせこけていることもあって、老人は今にも折れそうな、枯れた木の枝のようにもみえた。

老人が言うには、かつて五十神の一族でもかなり権威をもった、わたしの家など霞《かす》むほどの家であったそうだ。だが、剣にこだわったがゆえに落ちぶれた。

老人は山奥にて畑を耕しながらひっそりと暮らしているらしい。

「ですが、言ってしまうと流派の跡を継ぐのはあまりにも荷が重いのです。弟子をとってまた後の世に伝える責などわたしにはとても負えません」

だが、奇縁に喜びながらもわたしは乗り気がしなかった。

流派の長《おさ》となるということは、その技を教え継ぐ責がある。かつての世でも嫌々ながらひとり馬鹿弟子をとった身としては、もうやりたくない話であった。

「しかし、その棒きれをみるに飛びだしてきたまま暮らしのあてがないようですな。ならば、ひとまずでも道場にいらっしゃることにしてもよいのではないでしょうか」

わたしが握っている棒きれを目にして、老人が痛いところをついてくる。だが、それでもわたしの心が動くことはなかった。

この世では心ゆくまで剣の道を歩むと決めたのだ、そのほかは考えたくもない。老人の労は痛いほどわかるが、わたしは断るつもりのままである。

だが、わたしの断りを耳にしても老人は笑みを崩さなかった。まるでわたしを言いくるめるに足るなにかを隠しているかのような顔つきである。

わたしはなにか嫌な感じがした。

「ふむ、わしが五十神の剣の指南書を失伝なくそろえておると口にしても、考えはかわりませぬかな」

「なっ」

老人の言葉に、思わずわたしは口をあんぐりと開けてしまう。

あの、炎に巻かれて消えていった家の書の数々を思いだす。

まさか、この老人の言葉に従えば、わたしはもう読むこと叶《かな》わぬと思っていたあれらの書を目にすることができるのか。

たしかに、剣の道を続けた五十神の家ならばあの書を蔵していてもおかしくない。

心がぐらりと動かされるのを感じる。老人はそれをみてとったのか、猫なで声で言いよってきた。

「なに、道場に残れとは言いませぬ。たったひとり、たったひとりだけ剣を継ぐ者を教えてくだされればよいのです。それだけで書の知のすべてを手にできるでしょう」

ああ、駄目だ。欲望に負けてしまう。

あの時、父が炎にくべた書のほとんどをわたしは目にすることができていない。いったいそこにはどれほどの洗練されし技が記されていたのだろうか。

ひとたび諦めてしまったはずの願いがいきなり目の先に吊《つ》るされれば、断るのは難しい。知りたいというもどかしさが、わたしの理よりも強かった。

気がつけば、ひとりでにわたしの口が動いている。

「……すこし、よるだけでよければ」

「おお、ありがたや、ありがたや！　これで我が剣術も後世に生きながらえるというもの！」

まだ頷いたわけではないと心のなかで己に言い訳をする。老人はそんな意気地のないわたしにかまわず歓喜の涙を流していた。

「わが道場は深叡山《しんえいざん》深くにありましてな、迷惑をおかけいたします」

老人をおぶりながら、険しい山道を歩いていく。石畳などとうの昔に消え去り、もはや道は山野との違いすらわからないほどであった。

やがて古びた屋敷が木々のあいまに忽然《こつぜん》と姿を現す。

とうの昔に人の手が入らなくなったのか、土塀がところどころ崩れてうちがみえている。門扉にて、ちいさな灯《あか》りだけで老人の帰りを待つひとつの影があった。

鋭い目つきをした女である。わたしよりも齢はひとまわりほど大きいだろうか、土ほこりで汚れていながらも凜《りん》とした顔だちは隠せていない。

そんな女がほっとしたとばかりに目尻をさげて駆けよってきた。

「おじい様、ご無事でいられましたか！　お帰りが遅くなってたいへんに心をもみましたぞ。っ、この傷は！」

わたしの背にまわった女が息をのむ。

老人の痛めつけられた四肢を目にしたのだろう。ともかくも、わたしは女の後ろについて老人を屋敷の縁におろした。

女がかいがいしく老人の傷をみる。老人を畳のうえに横たわらせ、腫れた傷に薬を塗りこんでいた。この世の薬のことなど知らぬわたしはただみつめることしかできない。

やがて一息ついたのか顔をあげると女はわたしに目をあわせ、優しく笑いかけた。

「童よ、ここまでおじい様を運んでくれたのか。いやはや、なかなかの恩をおったものだ、礼を言おう」

「いえいえ、わたしはただ人の道に背かぬようにしただけのことですから」

わたしの言葉にさらに笑みを深めた女に、ぐしゃぐしゃとまるで童のように頭をなでられる。人ひとりぶん生きたわたしは、そんなふうにあやされる童ではないのだが。

わたしが顔をしかめてなされるがままになっていると、横になった老人からぞっとするほど冷たい声が聞こえてきた。

「こちらのお人は五十神の流派の跡継ぎとなられる秋継《あきつぐ》どのじゃ。葵《あおい》もわしの孫娘ならば言葉に気をつけ、敬うとよい」

孫にかける言葉とはまるで思えぬ、深い憎悪がこめられたかのような言葉である。ぎょっとしてわたしは葵というらしい女に顔をむける。

だが、その女は顔をしかめるだけで気にすることもなかった。

葵と老人というのは、血がつながっていても情はあまりないらしい。はたからみているわたしにもわかるほどの冷たい風がふたりの間に吹いていた。

まるで老人の言葉を耳にしなかったかのような葵であったが、しばらくしてその意を解したのか勢いよく老人のほうに顔をやった。

「は？　その、おじい様。こちらはまだ剣の道も知らぬような幼き童ですぞ。そんな童に五十神を継がせるなどいったいなにを考えておるのですか」

困惑した顔で葵がわたしをみつめる。

孫である己をさしおいて、こんなどこの馬の骨とも知れぬ童に継がせるなど、正気ではない。

それはまったくもって理解できることであった。

わたしとて、もし師が跡継ぎにすると口にして、こんな童をつれてきては正気を疑うであろう。

わたしもいまだ老人の言葉を信じていいのか疑っているのだ。

だが、老人の顔にはさっと朱が走った。傷だらけなのにもかかわらず起きあがると、葵を叱りつける。

「口を閉ざさんか、無礼にもほどがあるぞ！　そもそも五十神の剣をまったく学べなんだ愚人はどこの誰だと思っておるのじゃ」

怒鳴りつけられた葵はというと、老人への怒りを隠そうともしなかった。息の荒い老人に負けじといった勢いで口を開く。

「わたしが未熟というのは知っておりますとも。ですが、童をさらってきて跡継ぎにするなど愚かにすぎます。夢を追うのはよろしいですが、叶うことはないでしょうな」

どうやら葵は老人から剣を教わっていたらしい。すこしわたしにもわかってきた。老人は葵の剣の腕に失望していたのだろう。跡を継がせるのは難しいと、もっと優れた者を探していたに違いない。葵はそんな老人に不満があった。

そんなところに、おなじ五十神の血をひき剣も老人の目にかなうわたしがきてしまった。なるほど、なかなか困ったことになったようである。

老人と葵、その争いの種となっているわたしはきまりが悪いどころではない。

老人とて、もうすこしなにか言葉というものがあっただろう。すっかり冷たくなった葵と老人とのそばで、わたしはひたすらに身を縮こまらせるほかなかった。

「はあ、もうよい。跡継ぎどのに飯を食わせておけ、この傷はさすがにこたえる。わしは寝るぞ」

老人が布をひっかぶって目をつむってしまう。

後に残されたのは厳しい顔をした葵とわたしである。気まずさで頭がおかしくなりそうなわたしは老人のあまりにもな人の心の読めなさにため息をついた。

あちこちにこびりついた鯉の妖の臓物を水で洗い流す。そばに川が流れていて助かった、そうでなければすえた臭いをさせ続ける羽目になっただろう。

葵からいただいた水干を身にまとうと、灯りのともった障子を頼りに葵のもとにゆく。

山ごもりを蛙《かえる》や虫けらでしのがなければならないと思っていたところ、馳走《ちそう》にあずかれるとあってわたしの足は軽かった。

板の間にあがると、きれいにそろえられた膳になかなかの飯がある。

老人が帰るより先に葵はすませてしまったそうだ。わたしはありがたく老人のために残しておいたという飯をいただいた。

山の奥でひっそりと暮らしているのにもかかわらず、飯は驚くほどに豪勢である。川魚を焼いたものに野菜の煮つけと、京の家のものにもひけをとらない。

やはり、京よりも山野がそばにあるからなのだろうか。わたしは舌を巻くばかりだ。

「すまないな、跡継ぎにするなどといわれて驚いたであろう。おじい様は老いていろいろと妄言を口にするようになってしまってな」

「いえ、こうして泊めていただけるだけでもたいへんにありがたいです」

葵がにっこりと笑いながら、わたしが米を口にするのをみつめている。童あつかいされているることは気になるが、礼はしなければ。

「いや、おじい様の命を救ってくれただけで秋継どのには大恩がある。おじい様のことだから足でもくじいたのだろう、それをこんな山奥までつれてきてくれるなど」

葵が恥じるように顔をうつむかせる。

たしかに歳《とし》を考えると、老人はこんな京まで歩いてくるべきではなかったかもしれない。歩いていて足をひねってしまったとしてもまったくおかしな話ではなかった。

「いえ、実は鯉の妖に襲われまして。ご老人の傷はそれがもとになっているのです」

だが、わたしは老人の名誉のためにも葵の思い違いを正しておくことにした。剣の道を教える師として、襲われての傷と転んでの傷とではいささか違うであろう。

わたしの言葉に葵が首をかしげる。

「では、その鯉の妖とやらは誰が倒したというのだ。おじい様の傷は歩くことすらできないほどのものであったのだろう」

「わたしが殺しました」

葵がしばらく目をぱちくりとさせてわたしをみつめる。と、いきなり笑いだした。

「そうだな、秋継どのが妖を殺したのだろう。そんな幼い童が妖を殺せたのなら、たしかにおじい様も五十神の跡継ぎにしたいと願うであろうな」

真《まこと》のことを口にしたのに、どうも信じてもらえていないらしい。まあ、かつて熊に襲われて震えていた時よりも今のわたしは幼いことを考えれば、それもそうだ。

いまだ笑っている葵に、わたしは諦めて焼き魚に箸をのばした。

「それでは跡継ぎどの。話のとおりわしらが蔵する指南書をおみせしましょうぞ」

それからいく日かをへての朝、杖《つえ》をついてなんとか歩けるというところまで治った老人がわたしに声をかけた。

葵の畑いじりに手を貸していたわたしは顔をあげる。頬に朱がさしているのが己でもよくわかった。

この老人のもとで暮らしているわけ、父に炎にくべられたあの五十神の剣のすべてが記された書。それをようやく目にすることが叶うのだ。

「かたじけないです。このようなよそ者に秘伝であろう書をみせていただくなど、なんと礼を言ったらよろしいか」

「なに、跡継ぎどのの剣のためでしたらなにをためらうことがありましょうや。むしろわしの傷のせいでここ数日を無駄にしてしまって、恥じいるばかりですぞ」

老人がにこにことわたしに笑顔をふりまいている。老人の寛大さに感謝しながらも、わたしは葵のことに思いあたって胃が痛くなった。

「すみません、これからご老人についていかなければならないのですが……」

そうと葵の顔をうかがう。やはり厳しく口をむすんだ葵にわたしは思わず口を閉ざしてしまった。

「おじい様、いったいどういうつもりですか。まさか本気でこの右も左もわからぬ童を五十神の跡継ぎにすえるつもりだというのですか」

葵が、まるでもううんざりだという風に唇を震わす。葵が老人にむかってかけた声には深い怒りがとぐろを巻いていた。

老人も老人で、血のつながった孫であるというのにまったくの情を感じさせない冷たい瞳をむけている。それは、わたしにむけていた温かな笑みとはまったく違っていた。

「そう言っただろう、耳が聞こえなんだわけでもあるまい。わしは五十神の剣を正しく知る者に継がせなければならぬ。葵のような愚鈍などもってのほかだ」

「っ、わたしの剣よりもその童のほうが優れているとおっしゃるのか！　それほどまでにわたしのことを嫌っておいでだったとは知りもしませんでしたぞ！」

葵が声を荒らげて老人へと歩きよっていく。だが、老人はそんな血のつながった葵の心をすこしも気にかけていないようであった。

激する葵をまるでみなかったようにして、老人がわたしの手をひく。

「後継ぎどの、いかがなさいましたか。書をみたかったのでしょう、わしも死ぬより先にはやく後継ぎどのの剣を目に焼きつけておきたいのです」

「ですが、お孫さんのことはよろしいのですか」

葵が歯をぎりぎりと食いしばりながら老人をみつめている。わたしはそんな葵が気になって手をひかれながらも老人に問いかけた。

「いいのです、あの愚かな孫などは。そんなことなどよりも剣のほうがお気になるでしょう、はやく書を目にしたいとは思いませぬかな」

「う……」

だがすぐに指南書への欲望に負けてしまう。わたしは葵を後にして、老人についていった。


老人たちの暮らすそばに古びた蔵はある。たてつけが悪くなった木の扉が開かれると、わたしはすぐに古書のかぐわしき香りに優しく誘われた。

蔵のなかにはぎっしりと書のつめこまれた棚がどこまでも続いている。父に燃やされた書は言うにおよばず、わたしが初めて目にする書も多くあった。

(なんと、美しい)

わたしは目がくらんでしまった。

今、わたしの手のすぐ先には、この世の千年もの月日にて編まれた人殺しの剣のすべてがあった。剣の道にある者がこんなものを目にしてただでいられるはずがない。

その生を剣に捧《ささ》げた酔狂な者たちの時の重みがわたしを酔わせる。

気がつけば、わたしはまるで熱に冒されたかのようにおぼつかない足で、ゆっくりと書にひきよせられていった。この世ならざる美に魅せられたかのような、夢のような思いである。

そんなわたしを、枯れ木のような老人の腕がとどめた。

瞬間、はちきれんばかりの怒りが心から湧きあがってくる。わたしの剣の道をさえぎるというのならば、殺してしまおうか。

老人を憎しみをこめてにらみつけるも、カラカラとけたたましく笑われる。

「ご老人、あの書をみせてはもらえませぬかな」

「ええ、もちろんですとも。跡継ぎになられると口にしていただけるのであれば、いくらでもご覧に入れましょうや」

老人の言葉に、わたしはほんのわずかだけ書の魅惑から逃れることができた。

そうだ、書を目にしてしまえばわたしは老人の跡を継がなければならなくなる。秘伝を目にしておきながらその責を逃れるなど、義に背いてしまうからだ。

弟子をとって教えるというのは労しかない。そのあいだにいったいどれほどの殺しあいができるかを考えれば、あまり賢い考えとは思えなかった。

だが、とわたしは堆《うずたか》く積まれた書に目をやる。

ひとたびあの書の誘惑に負けてしまったわたしは、老人の言葉を断ることなどできるはずもなかった。これから一生この先の無数の剣の技を知らずに生きていくなど。

なんと老人はあくどいのだ。こんなもの、あらがえるはずがないではないか。

「……ええ、わたしがご老人の跡を継ぎ、五十神の剣を後に伝えましょう」

「ふふふ、ならばいくらでも剣を学ばれるがよい。わしの跡継ぎというのならば、なにを惜しむことがありましょうか」

老人が満ちたりたような笑みで、棚からひとつふたつ書を手にとると、細い腕で渡してきた。わたしは震える手で剣の書を手にとる。

ああ、わたしはこれで跡継ぎになってしまったのだ、熱にうかされた頭でわたしは笑った。


それからというもの、わたしは日夜を問わずにただひたすらに剣を学んだ。

かつて老人が弟子に剣を教えていたという道場にこもり、書を読みこんでその秘奥を解していく。飯をいただいて、床につき、剣を握る、そんなことをずっと続けていく。

老人はそんなわたしをほほ笑みながらみつめていた。

やがて、夜がどんどんと長くなり紅葉もすっかり散ってしまう。季節は瞬くうちに駆けぬけてゆき、ちらちらと雪がまたたいてわたしの息も白くなるようになった。

ずっと姿をみせないわたしを気にかけてか、時に葵がやってくることもある。だが、わたしはそんなことを気にしてなどいられなかった。

ただひたすらに書に目をやる。いつも葵は老人と激しく言いあっていたかと思うと、気がつくころには去っていた。

それでも、わたしはひたすらに紙をめくる。

いくら学んでもまだまだ蔵の書は残ったままで、いつまでたっても終わりがこないように思えた。やがてわたしは時を惜しんで飯や眠りすら忌むようになった。

気絶するまで剣をふるい、瞳が開いては剣を握る。閉じきられた道場にてわたしは日も夜もわからないままに人殺しの術を学んでいった。

もう読みきった書は老人が蔵へともっていき、また新しい書が渡される。無限とも思えるそんな暮らしを続けて、わたしは飢えて骨だけになっていった。

それからしばらくして、終わりがきた。

すこし先より、老人が蔵から書をもってこなくなってしまった。ふと気がつけば、あれほど山のようにあったはずの剣の書がもう道場のどこにもない。

まさか、これですべての書を読みあさってしまったのか。わたしは信じることができずに疑いながら老人に語りかけた。

己のものとは思えぬほどのかすれた声がわたしの口から転がりでる。

「これで、終わりなのですか」

「ええ、わしの目に狂いはありませんでしたな。これほど早くに五十神の剣をすべて学んだ者

「なかなかに長く苦しかったでしょう」

にこにこと、老人は蔵にこもりだした時そのままの笑みでわたしを賛する。わたしはそんな

老人にも口をきけぬほどに弱っていた。

老人は、そんな倒れかけのわたしに気がついたのか粥《かゆ》をもってくる。久しぶりにひもじさというものを思いだしたわたしは、渡された粥に飛びついた。

弱った腹にはどろどろの米すらも苦しい。だというのに手は死んでも粥をはなそうとしなそうである。なんとも浅ましいことだ。

しばらく休んで、ようやく起きあがれるようになる。わたしは虚空をみつめながら、もの思いにふけった。

これでもう蔵の剣のすべてを学べた。あの夜に父に焼かれたあの書、その技はもうすでにわたしの頭のなかにきちんとしまわれている。

喜ぶべきなのだろう。五十神の剣を修めたのだと、誇るべきなのだろう。

だが、わたしは胸を裂かれたかのように悲しかった。頬を滴るものが板の間を濡《ぬ》らしていく。

老人にみられたくないばかりに、思わず顔をうつむかせた。

「なぜでしょう、苦しくてたまりませぬ。この世に生をうけてからこれほど幸せであったことがなかったからでしょうか」

新たな剣を知ることはなによりも楽しくて、終わりを恐れていた。まるで愛する人を亡くし

たかのような悲しみが胸を締めつけてくる。

書にある剣の技はどれもが恋をするほどにすばらしい術ばかりであったのだ。寝食を忘れてかじりついてしまうほど、美しい剣にわたしはすっかり魅入られてしまった。

今なら、老人の考えがわかる気がした。これほどの宝を剣が未熟な者に渡すと考えただけで怖くなる。

この剣の技は人の編みだしたもっとも美しい術なのだ。それを、親しい者であれ血のつながりがある者であれ、汚すことは誰にも許したくなかった。

優しくほほ笑みながら、老人が腰の刀をさしだしてくる。わたしは首をかしげて老人をみつめた。

「どうぞ、もはやこの老いぼれがもっておるわけにはいきませぬから。剣の道においては技のみが実ありとはいえ、美しい刀があってもよろしいでしょう」

五十神の剣を継ぐ者に渡されるという剣、それを腰にはく。老人はまるで育った孫の晴れの日かのように目を細めていた。

その口はやわらかな弧を描いている。

「これでもうなにも思い残すことはありませぬな。死ぬよりも先に、五十神の剣のすべてを修める跡継ぎどのを目にできたとあっては悔いなどあるはずもありませぬ」

老人の言葉をしかと聞きとめる。五十神の秘奥を学んだうえは、もう逃げることなど許されない。わたしは五十神の剣を継いだのだ。

いきなり道場の扉が弾《はじ》き飛ばされた。

轟音《ごうおん》をたてて倒れた扉を踏みつけにして、葵と五人ほどの老若男女が板の間にあがってくる。

だが、わたしは静かな心のまま、葵のほうに顔をむけた。

ひさしぶりに目にする陽光を背にして、老人をみつめる葵の顔はわからない。

「葵にぬしらか、跡継ぎをみつけたのだからみな破門じゃと言っておったろう。わしのかつての弟子とはいえ、断りもなしに道場にあがるなどなにを考えている」

いきなり道場に入ってきた葵に、老人はいつものように冷たい瞳をむけた。だが、葵はひるむことはない。

葵の後ろに従う五人は老人のかつての弟子であるらしかったが、老人はすこしも喜ぼうとはしなかった。弟子たちも老人をどうでもよさそうにみつめている。

「おじい様、もう茶番は終わりです。幼き童に剣を教えて跡継ぎにするなど正気とは思えません。このまま続けるようでしたらわたしがかわりに継がせていただく」

葵がちらりと腰にはいた刀を老人にみせる。それは、葵が力でもって老人から家を継ぐということを口にしているということでもあった。

老人は顔をしかめてため息をつく。

「なんじゃ、力ずくでというわけか。それほどまでに五十神の剣にこだわるのならば、なぜあれほど未熟であった剣をなんとかせなんだのかの」

「なんとでも言えばよいでしょう。わたしとて老いたおじい様に剣をむけなければその愚を諫《いさ》められぬことを恥じております。ですが、もう終わりです」

老人の侮蔑にも、葵は心を動かされたそぶりはない。むしろその瞳はまるで聞きわけのない犬を憐《あわ》れむようですらあった。

葵が手を鳴らす。

すぐに老人のかつての弟子たちが駆けたかと思うと、老人を床におさえつけてしまった。そのすべてを静かにみつめていたわたしに、葵が歩いてくる。

その顔には、老人にむけていたものとは違って気づかうような笑みがあった。

「さて、もうおじい様の妄言に従わなくともよいぞ。わたしがきちんと家まで帰してやる。もう五十神やら剣やらのことは忘れてしまえばよい」

かつてのように頭に手をおかれてぽんぽんとなでられる。やせて貧弱になってしまったわたしを痛ましげにみつめる葵は、そのままわたしの腰から剣をとろうとした。

そんな葵の手をわたしは握る。

「ん？　どうした、これは五十神に古くから伝わる剣でな、さすがにあげるわけにはいかないんだ」

不思議そうな顔をする葵を、わたしはじっとみつめた。

どうも葵はなにか思い違いをしているらしい。この道場に入ってきてからの言葉を考えるに、葵はわたしが老人に脅されでもしていると思っているらしいのだ。

葵の身になってみれば、老人がなにも知らぬいたいけな童のわたしを、道場に閉じこめて飯もなし、眠りもなしに剣を学ばせたかのようにみえているのかもしれない。

なるほど、考えてみると葵にしてみればなかなか老人は邪悪であった。葵が剣の師たる老人にむけて剣をちらつかせてまで道場に踏みこんだのもわかる。

だが、葵の考えは正しくない。老人の誘いを断らずに五十神の剣を学んだのもわたしであるし、道場にこもったのもわたしである。

ならば、きちんと口にして伝えなければ。

「わたしを憂えてくださるのはありがたいのですが、わたしから跡継ぎとなったのです。気にかけていただかなくともいいのですよ」

「駄目だ、まだおじい様の脅しを怖がっているらしい。この童はわたしがつれていくから、また愚かなことをしないようにおじい様を縛っておいてくれぬか」

だが、葵は信じてくれぬようであった。

いまだ老人への恐怖に囚《とら》われていると思ったのか、葵はわたしに憐れむような目をやると、弟子たちに声をかける。

老人はあっというまに縄にて縛りつけられてしまった。

「さあ、いこう」

しかし、葵の思い違いを正さなければわたしは動くつもりはない。葵がのばしてくる手をわたしは座ったままでずっと避け続けた。

葵の眉間にしわがよる。

「どうした、もうおじい様は縛られたのだ。なにも恐れることはないのだぞ」

「いえ、ですからわたしが五十神の跡継ぎとなったのです。信じられないのもわかりますが、蔵の書の技はすべてを学んだとご老人にもお墨つきをいただきました」

わたしがなにを考えているのかわからないというふうに、葵が顔をゆがめる。

老人をおさえる弟子たちはわたしを捕まえようとして苦戦していることを目にしたのか、しびれをきらしたように冷たい声で葵に声をかけた。

「どうせどこの馬の骨とも知れぬ者です、斬ってしまえばよろしいではないですか」

「そんな残虐ができるか。まだ幼いのだ、殺すなどもってのほかだ！」

煩わしげにわたしをみつめる弟子たちの瞳から、たわむれにわたしを殺そうと口にしたわけではないことははっきりとしている。

葵がたしなめるもその瞳はわたしをずっとみつめ続けている。葵とは違ってほんとうにわたしを殺すことのできる目つきだ、わたしは背がゾクゾクとした。

葵がばっとわたしを背に隠して囁《ささや》いてくる。

「ほら、はやくいくぞ。あいつらは血の気がありすぎるんだ、まさかとは思うが殺されたくはないだろう」

「いえ、わたしは跡継ぎです。それが正されるまではここから動くわけにはいきません、それがご老人から剣を継いだ責ですから」

だが、わたしは己こそが跡継ぎなのだとはっきりと口にした。

葵がわたしを憂えているからこそ、こんなことをしていることは知っている。だからこそ今まで剣でもって暴れることは慎んできた。義に背くからだ。

だが、だからといって葵の言葉に頷くわけにはいかない。老人から秘伝を教わったからには、義としてここで跡継ぎであると口にせねばならないだろう。

「だから、なにを言っているのだ。おじい様はもう動けない、なにも恐れることはないんだぞ」

ひきつった顔で葵がまたわたしに声をかける。その時であった。

かちゃりと鋼の鳴る音がする。弟子のまんなかにいる男が腰から剣をぬこうとしていた。男はため息をつきながら、わたしにむかって歩いてくる。

「跡継ぎというのならばそれでよい。跡継ぎの争いなどかつてはいくらでもあったのだ、殺して座を奪えばよいだけのこと。お嬢はそこをどいてください」

「やめろ、ふざけるな！」

語気を強めて葵が男に歩みよる。だが、その陰に隠れてほかの者たちも刀に手をかけて、わたしにいつでも斬りかかれるようにじりよってきた。

わたしはにっこりと笑う。

先ほど暴れるつもりはないという風に考えていたが、そちらから襲ってくれるというのなら断るはずもなかった。むしろ喜んで戦おう。

蔵の書で剣を学ぶのはたしかにこのうえない幸せであったが、ただひとつ満たされないことがあった。学んだ人殺しの術を人にむけることができなかったのである。

この世ではずっと人を殺さぬままきてしまった。もしもあちらから斬りかかってくれるというのならば斬り殺してしまったとしても義に背くことはないだろう。

剣と剣の、まさにかつての世から願っていたような戦いができる。

わたしは老人からもらったばかりの剣に手をやった。いつでもぬける。

それを目にした弟子たちもまた、剣を握る手に力をこめた。どんどんと場が殺しあいの色に染まっていく。

葵とは違って、弟子たちはわたしを殺すことを忌むことはないようであった。殺しあいを楽しめるだけのそれなりの剣の腕も心もあるのならば、ほかはなにもいらない。

楽しみだ、わたしの腕がうずうずとしてその時を今か今かと待っていた。

「おまえたち、なにをしている！　殺しあいは駄目だ、童になにを考えている」

ほんのわずかなことが殺しあいの口火となってしまいそうなことに、葵は慌てているようであった。弟子たちの刀を握る手をどうにかしようと摑《つか》んでいる。

「はは、卑しくも殺人術たる五十神の剣を継ぐと口にしておきながらなんと情けない。血や肉が飛んでこそ剣の道であろう、それが嫌ならばここから去ればよい」

老人が葵を嘲るように笑う。そんな老人を葵は憎しみをこめてにらんだ。

「妄言しか能のなくなったおじい様は黙っていてください」

「なるほど、師への畏敬もなくしたらしい。そんなに死人がでるのを嫌うというのならば、そうならぬようにしてやろうとわしは考えておるというのにな」

わたしは思わず嫌な顔をしてしまう。

わたしとしてはこのまま殺しあいたいと願っている。が、いまだ五十神の長たる老人がそれを忌むというのならば、義により従わなければならない。

わたしは剣からそっと手をのけた。弟子たちもひとまずは剣を握る手から力をぬく。

「なんですか、人の死をまったく気にかけないおじい様がかようなことを口にするとはまったく思っておりませんでしたが」

さすがにその言葉は葵も聞き流すことはできなかったらしく、老人に問いかける。老人は冷たく笑った。

「なに、それほどまでに葵が五十神の剣を軽んじるというのならばわしにも考えがあっての。血を流さぬというのは、せめてもの孫への情よ」

「それで、いったいどうしろというのですか」

老人の嘲りを聞かなかったかのように、葵がまた老人に問いかける。だが、よくみるとその腕は怒りか憎しみで震えていた。

老人がにやりと笑う。

「おぬしがそれほどまでにわしの剣の跡を継ぎたいというのならば、木刀での勝負にて跡継ぎどのよりも優れていることをわしにみせればよいだろう」

老人が口にしたのは木刀の勝負における勝者を跡継ぎとするというものであった。

あれほど跡継ぎにこだわっていたはずの老人がそんな勝負を口にするのが信じられないのか、葵がぽかんとした顔で老人をみつめる。

「それは、ほんとうにわたしが勝てば跡継ぎにしてくれるのか」

「おうとも、もちろん勝てればの話であるがな」

葵がちらりとわたしに目をやる。その瞳からは、嘘《うそ》としか思えないという疑いの奥にかすかばかりの喜びが隠れていた。

木刀での勝負でわたしを倒せば家を継げる、それは葵の願いでもあったはずだ。

「それでよろしいですかな、跡継ぎどの」

「ご老人のお言葉ならば、わたしに否はありません」

どうせならば木刀などではなく真剣にて戦いたい、そんな欲がないわけでもないがわたしは頷いた。人と剣にて戦えるというのなら、木刀でこらえようではないか。

葵はいまだなにやら悩んでいるようであった。気がかりなことがあるかのようにわたしに目をやりながら、顔をゆがめさせている。

「で、どうするというのだ葵よ」

「っ、わかりました。勝てばよいのでしょう」

だが、跡継ぎの欲には勝てなかったらしい。顔をうつむかせながらも、葵はわたしとの勝負を願った。


木刀を葵から渡される。葵は老人がこちらの話が聞こえないことをみてとったかと思うと、わたしに囁いてきた。

「木刀といえども剣での勝負というのは人に傷をつけかねんから気をつけるのだぞ。もちろんできるだけ優しくしてやるから、こらえてくれ」

葵がわたしに優しげにほほ笑む。葵はわたしを傷つけないかと不安がっていたのだ、そうわたしは葵が悩んでいたわけを知る。

とたんに、わたしは湧きあがる怒りで頭がどうにかなりそうになった。

剣の道を生きる者にとって手をぬかれるというのはこのうえない侮辱である。それも、殺しあいではなくあくまで命のかからない木刀の勝負で。

葵はさきほどから剣をいったいなんだと思っているのだろう。

老人の言うとおり、剣とは殺人の術である。ひとたび勝負につくとなったからにはそこには義などない、ただひたすらに命を奪いあうだけである。

「そのような優しさはなくてもよろしいかと」

わたしはなんとか声をひねりだした。そんなわたしたちに縄をとかれた老人が声をかける。

跡継ぎを決める五十神の長として、老人が勝負をしきることになっていた。

「それでは勝負に異のある者はおらんな」

弟子たちがずらりとわきにならび、勝負を待っている。わたしと葵とは離れてむきあい、木刀をかまえた。

「では、勝った者が跡継ぎとなる。はじめ」

老人の静かな声で勝負が動きだす。

わたしはゆっくりと息をしながら、じっと葵をみつめた。もしかすると先ほどの言葉はわたしの目を怒りでくらますためのものであったのかもしれない。

わたしがやってくるまで、葵は跡継ぎと目されていたという。

ならば、あの蔵の絶技をいくつも知っていたとしてもまったくおかしくない。しかもわたしよりも時をかけて学んでいるであろうから、技の鋭さは優れているはずだ。

だらりと木刀をもつ手をわたしはさげた。

まるで隙だらけのわたしに、かつての弟子たちから失笑が飛んだ。葵も、顔をしかめてわたしをにらんでいる。

誘うように力をぬいたわたしに、葵はじわじわとにじりよってきた。その剣が迷っているようにみえるのは気のせいであろうか。

いや、あれはこちらの油断を狙っているのかもしれない。

わたしはゆったりとした動きでひたすらに葵を待つ。やがて葵は明らかに気のぬけた動きで木刀をわたしにむけてきた。

その瞬間、わたしはこのうえない激情が己を駆けぬけるのを感じた。

その葵の動きにはどこにも五十神の秘奥がみあたらない。まるで素人に優しく木刀をあてるだけだというような、わたしを侮りきった動きである。

葵はほんとうに力をぬいているのだ。この勝負の場にあって、である。

それは人としては正しいのかもしれないが、剣の道を歩む者としてはありえないほどの愚かさであった。わたしは怒りにまかせて木刀を握る手を跳ねさせる。

かつて、三十六もの剣の達人を殺した男がいた。殺した者は誰もかれもが世に名を轟《とどろ》かせており、男はくらべるまでもないほど未熟な剣の腕しかなかった。

だが、男はたったひとつの技のみでその偉業をなした。

後に男の評をまっぷたつに割ることとなる人の道からすれば顔をしかめるような手、それはつまりだまし討ちである。

まったく力をぬいた男は時に剣の素人にみせかけ、あるいは病人にみせた。布を巻いて傷を負ったふりをし、あるいは卑屈な笑みで隙を誘った。

そうして男を侮った敵を、そのまったくの虚脱から放たれる瞬間の一撃で葬る。男はその最期までそうして不敗を誇った。

剣の道に生きるというのに弱ったふりをして敵を騙《だま》すとはなにごとかと顔をしかめる者がいるのもわかる。だが、わたしは男を畏敬していた。

しょせん剣とは人殺しの術、ならば最後に敵を殺した者の勝ちである。

男のように虚脱した手足ににわかに力をこめる。まったくの先触れもなく、まるで稲妻のように木刀が走った。

葵の驚きで見開かれた瞳がすぐそばにある。

もうすでに葵のうちに入りこんだのだから、その木刀がわたしを打ちすえることはない。わたしはそのまま勢いを殺して葵の腹に木刀を優しくあてた。

一瞬の後、激痛にそなえて目をつむっていた葵が崩れる。その肌には大粒の汗がだらだらと流れていた。

葵がなにか信じられないものでも目にしたかのようにわたしをみあげてくる。わたしはそんな葵に冷たい瞳をむけた。

「侮るのもいいかげんにしていただきたい。ここは剣の道、ゆえに情けなどあってはなりません。これからはわたしを殺すつもりで木刀をふるってきてください」

わたしは床に倒れふす葵にそっけなく声をかけると、またもとのところまでもどって木刀をかまえる。

べつに葵に情けをかけたわけではない。あのまま終わってしまえばわたしが楽しめないという極めて単純な考えで、わたしは葵にふたたびの勝負を許すことにした。

これで葵もこちらを侮ることなく襲いかかってきてくれるだろう。

のろのろとたちあがった葵は荒くなった息を静めるとわたしにまた木刀をむける。だが、その先はかすかに震えていた。

「まったく、葵よ。跡継ぎどのの情けに感謝するのだな。べつにあの無様でこの勝負を終わらせてもよかったのだぞ」

愉快げに笑いながら、老人がふたたびわたしと葵との間に入る。

「では、しきりなおしといこう」


もう葵は愚かに襲ってくることはなかった。額に脂汗を流しながら、わたしから遠ざかったところで油断なく木刀をかまえている。

それでよい、さあ五十神の技をみせてくれ。技の腕をくらべあおうではないか。

わたしはようやく葵がやる気になってくれたことが喜ばしかった。真剣とはいかなかったが、これで蔵の書を読みふけった月日が実ったというもの。

わたしはまたも隙だらけの動きをする。木刀を持った手から力をぬき、ぶらぶらとゆらしてみせた。

葵がびくりと肩を震わす。

そうだ、先ほど葵がやりこめられた五十神の技である。わたしは葵がどう殺しにかかってくるのか楽しみでしかたがなかった。

葵の動きは悩んでいるかのようにふらふらとしている。そんな葵を座っている弟子たちがもどかしそうにみつめていた。

「葵殿、なにをぐずぐずしておる。その童は剣の素人なのだろう、すぐに倒してしまえばいいではないか」

男が葵をはやしたてる。その騒《ざわ》めきに焦ったかのように、ぎっと歯を嚙《か》みしめた葵はわたしにむけて駆けだした。

その手に握る木刀を高くかかげる。葵は一撃にかける剛剣にてわたしを倒そうというらしかった。ああ、とわたしは葵の考えをすぐにみてとる。

葵の考えはわからないでもない。だが、それはあまりにも未熟であった。

老人が実の孫を愚かだと嘲け笑うのがみえる。わたしは老人のように葵を馬鹿にするつもりはない。しかし、弾んでいた胸がしぼんでいくような失望はどうしようもない。

なるほど、理だけをみれば正しいのだろう。

こんなふうに力をぬいていれば、わたしは力がこめられた上段からの一撃をうけとめることはできない。葵がより速く強く襲いかかることができれば、わたしは敗れる。

だが、そのためにはあまりにも葵の腕は未熟であった。なにも考えずともわたしの目は葵の剣を読みきり、動いてしまう。

たった一歩、後ずさるだけ。それだけで葵の剣は無駄に終わった。

木刀をふりおろしたままつんのめっていく葵の足をすっとはらう。それだけで葵はおもしろいように転がって倒れた。

宙を舞う葵の木刀を手にする。

後はわたしはそのままむきだしの背にそっと一撃をあてるだけでよかった。それだけでもう勝負はついてしまう。

葵の技は、かつて東国にあった僧のものである。憐れなる衆生を救おうと荒れた東に旅した仏僧が、妖を退けるために編みだした剛剣。

その威はその剣にこめられた恐ろしいまでの力にあらず、僧ゆえの無の境地が生みだすいつ技がくるかもわからない恐怖こそに妙があるのだ。

葵のように焦ってただ駆けてくるだけではその剣が生かされるはずもなかった。

「もうすこし、剣を隠したほうがよろしいかと思います。いつどこに技がくるのか、わたしにもわかってしまいましたから」

葵にそっと助言する。倒れたままわたしをみあげる葵の瞳になぜか恐怖がみえた。


はてさて、こんなにあっさりと勝ってしまってよかったのであろうか。

わたしは老人のほうに顔をむけた。その後ろに座る弟子たちはみなため息をついている。葵はそんな弟子たちを目にしてぶるぶると震えながら顔をうつむかせていた。

そんな葵を助け起こしながら、わたしは老人に問いかける。

「これで、勝負ありましたかな」

「跡継ぎどの、勝負はまだ終わってはおりませぬ。ほら、まだ葵の心は折れてはおりませぬぞ。一撃をくわえられたからといって負けではありませぬ」

だが、老人はまだ満足していないらしい。

わたしがそばにおいた木刀を手にすると、わたしに握らせてきた。もうひとつの木刀は冷たい瞳をむけながら葵になげわたす。

「葵、勝負を望んだのはおぬしであろう。ならばはやく木刀を握らんか」

老人の声に葵はゆっくりと木刀を握る。わたしははたして葵とこのまま戦ってよいものか頭を悩ませた。

葵の剣が未熟であるのはどうでもよいが、葵に戦うつもりが残っているかわからなかったのだ。人のまえでこんな童に剣でやりこめられるのは愉快でないだろう。

「その、辛《つら》いようでしたらおっしゃってください。ご老人はああ言うものの、勝負はもうついたようなものです。わたしを跡継ぎとしてくださるのならば……」

「うるさい！　先ほど情けはいらぬと言ったのはそちらだろう！」

葵がやけになったように叫んだ。乱暴に木刀をふりかざし、襲いかかってくる。

わたしは己の未熟に恥じ入った。たしかに勝負の場にては技のみが問題となるのではない、だというのに勝負は終わったかのように考えてしまったわたしは愚かだった。

葵が戦おうとしているのだ、ならばわたしも己の剣にてこたえるだけである。

勢いよく飛びこんできた葵の手首に強《したた》かな一撃をあたえる。あまりもの痛みに涙をこぼす葵の隙だらけになった腹に、木刀をたたきつけた。

床に手をついてえずく葵に笑いかける。

「それもそうですね、葵さま。それではぜひとも勝負をよろしくお願いいたします」

へっぴり腰でわたしを斬りつけようとした葵のわきに柄《つか》をうちつける。

たまらず逃げようとした葵の腕を摑んで壁にたたきつけた。背から伝わる激痛に息がとまった葵、その喉のすぐそばに木刀をあてる。

すこしずらせば木刀とはいえ葵は死んでしまっただろう。声にならない声をあげながら葵はずりずりと床にへたりこんでいった。

「腰が入っていませんでしたよ、そのままではわたしを斬りつけられたとしても肉で刃《やいば》がとまってしまいます」

わたしは笑いながら葵に声をかける。

これで真剣であれば葵が死んだのは十五ほどになるだろうか。なんだかんだいってわたしは実にこの時間を楽しんでいた。

もうそばの弟子たちが騒ぎたてることもない。葵の手を借りてわたしは学んだ技を人にむけて試すことができていた。

それになによりも人と戦うのはよいものだ。殺しあいならばなおよかったが、木刀だけであっても剣をかじった者との戦いなのだ、つまらないわけがなかった。

「さて続けましょう。葵さまもだんだんと楽しくなってきたのではありませんか、先ほどの勝負も胸が躍るようなすばらしいものでしたね」

葵が起きあがるのを待ちきれずにわたしは手をさしのばす。

だが、顔をうつむかせたままの葵はまったくわたしの手をとろうとしなかった。わたしは首をかしげて葵の顔をのぞきこもうとする。

「どうしたのですか、葵さま。もしかしてすこし休みたいのでしょうか」

「ひっ」

ひきつるような、怯《おび》えきった葵の声が道場に響く。壁にもたれたまま嗚咽《おえつ》をこぼす葵は、やがてしゃくりあげながらかすれた声をこぼした。

「わかりました、わかりましたから許してください。この勝負はわたしの負けです」

言葉を震わせながら許しをこうように頭を床にすりつける葵に、わたしは困ってしまう。わたしとしては葵もこの勝負を楽しんでいると思っていたのだが、そうではなかったのだろうか。なんだかかつての世のように弱い者いじめをしているような気がして、嫌になる。それにまだまだ剣をふるいたいという満たされない思いも胸でくすぶっていた。

だが、葵の心が折れてしまったのならば、勝負は終わりである。このまま戦うというのは義に背いてしまう。

「では、これで葵と跡継ぎどのの勝負は終わったということになるな。跡継ぎどのに異のある者はほかにおるか」

老人の厳かな声に続いたのは、痛いまでの静けさである。かつての弟子たちはじっと黙って

わたしをみつめていた。

老人がその笑みを深める。

「では、ここの童をわしの五十神の跡継ぎとしましょう。では跡継ぎどのはこちらに、これからの話をしなければなりませぬからな」

床にうずくまってむせび泣いている孫がまるで目に入らないかのように、老人がわたしに歩みよってくる。静まりかえった道場を老人について去ろうとする。

かつての弟子やら葵やらを老人はまったく気にしていないようであった。そんなことが気になってわたしはふと後ろをふりむく。

老人のかつての弟子たちと目があう。その瞳はどれも激情と憎悪に塗りたくられていて、ぎらぎらと輝いていた。

だが、まんなかに座る男の瞳だけは違っている。

まるでこちらをはかろうとするような、誘いこもうとするような目つきである。わたしのことを面白がっているようなその男は、最後までわたしをみつめていた。

§

「それで、どうでしたかな。わしの愚孫たる葵の剣の腕は」

いつもひとりで飯を食している老人が、珍しく夕食の席にあらわれた。黙りこくる葵を嘲るような目つきでみつめながら、老人はわたしに問いかける。

わたしは老人の無神経に驚く。葵のいる場でよりにもよってそんなことを聞くのか。

「まだ未熟とはいえ、目のつけどころは悪くないのではないでしょうか。師として誇りに思われればよろしいでしょう」

「嘘をおっしゃいますな、跡継ぎどの。葵と剣をかわしたのならば、どれほどひどいものかよくわかるでしょう」

老人はぴしゃりとわたしのささやかな虚飾をたしなめた。箸で細々と焼き魚をつまんでいる葵が肩を震わす。

「跡継ぎどのには感謝してもしきれませぬ、こんな愚か者に跡を継がせるなどという惨劇を避けられたのですから」

老人は冷たく葵をなじった。いつもと違ってこの老人の言葉は葵にこたえたようで、顔をうつむけさせて縮まりこんでいる。

わたしは顔をしかめた。老人は葵に冷たくあたりすぎるところがある。剣の勝負はもう終わったのだ。葵が負けたということをなぜいまだに嘲るのかわたしはわからなかった。

ひどく冷めきった汁物が、ますますわたしを嫌な思いにさせる。

「そういえば、葵さまがつれてらっしゃったご老人のかつての弟子たちというのは、どういったかたがたなのでしょうか」

話をそらそうと、わたしは気になっていたことを聞いてみた。昼に目にしたあのかつての弟子たちの最後の瞳がどうしても忘れられないのである。

剣をたがいにぬこうとしたあの時に、わたしはかつての弟子たちからなかなかの剣の気を感じた。まさに殺しあいをやってきた強者と感じとったのだ。

「あの馬鹿な弟子たちですか、葵よりはまだましな剣の腕をしておりましたな。なんでも西海の乱から逃れてきた、もとは貴族の荒くれ者たちです」

ぼろぼろで京の山まで逃れてきたその者たちを、老人は葵の剣の学びの糧にでもならぬかと宿を貸すことにしたらしい。

もっとも老人が満たされることはなかったが。

それにしても、あの時のあの背筋がぞくぞくとするような感覚はわたしの思い違いではなかった。どうやらあの弟子たちは西海の乱に関わっていたらしい。

西海の乱とは、数年ほど先にあったとある貴族の乱である。

政争に敗れ、京から遠くはなれた西海の浜に流されたある貴族が、怨《うら》みのあまり帝《みかど》に背いて軍をあげた乱。

陰陽道《おんみょうどう》に優れた父もまた将として征討にくわえられかけたほどの大乱であった。最後には今の摂政が兵衛府《ひょうえふ》の優れた陰陽師を集めて討ちとったという。

貴族崩れが帝の軍に入れてもらえるとは思えない。あの弟子たちは貴族のほうについて戦ったのだろう。

わたしは胸が躍るのを感じた。陰陽師を敵にまわして剣で殺しあいをしてきた者ならば、強者にほかならない。ならば、なかなかよい勝負ができるのではないか。

わたしはその元弟子たちとどうにかして戦えないかと考えた。

「そのかつての弟子のみなさまは今どこにおられますかな。もし叶うのでしたら勝負ができればいいのですが」

「……もうでていったと思う。ここで剣を学べぬとならば旅にでるとあいつらは言っていたから」

ずっと黙っていた葵の言葉に、わたしは願いを叶えるにはいささか遅かったことを学んだ。昼の勝負が終わってからなら歩いたとしてもかなり遠くにいるだろう。

もう剣での戦いを頼むことはできそうもなかった。

「跡継ぎどのが望まれるのでありましたら、わしがなんとかしますが」

「いえ、あちらにも事情というものがあるでしょうから。それにもうご老人にはお手を煩わせるわけにはいきません」

わたしがしょげているのを目にしてか、老人が声をかけてくる。しかし、そこまでしてもらうわけにもいかない。

わたしはあの弟子たちのことを忘れることにした。

第3章　剣の修羅、野原にて

暇である。わたしは深いため息をついた。

葵《あおい》と勝負をしてからこのかた、まったく人と剣で戦うことができていない。せっかく京の家から飛びだして五十神《いそがみ》の剣まで学ぶことができたというのに、困ったことだ。

山ごもりをしていればそんなことは望むべくもなかったのだろう。

だが、ひとたび葵と戦ってしまったわたしの欲は、もはや剣の修練をずっとするだけでは満たされることはない。そもそもかつての世でも修練ならできた。

わたしが願ってやまないのは人との殺しあいなのだ。

人との戦いというのは剣の道を歩む者にとってまさしく海の水のようなものだ。口にすればするほどもっともっと口にしたくなってしまう。

このままでは駄目だ、なにか気をまぎらわせるものがなくては。

剣をふるっていてのぼせた頭でそんなことを考える。このまま剣の腕を磨いていればそのまま欲に呑《の》まれてしまいそうで怖い。

道場から去ろうとして、わたしはふと薪《まき》を割っている葵をみかけた。

そういえば、とわたしは思いかえす。道場にこもっているうちはずっと葵に飯を世話になっていた、その恩を忘れるのはいかがなものか。

かつての畑いじりのように葵の手伝いをするのがよいやもしれない。そう考えたわたしは葵にむかって歩いていった。

「こんにちは、精がでますね。さしつかえなければ、お手伝いさせていただきたいです」

「……」

声をかけると、ばっとふりむいたままで葵が固まる。まるで昼に幽霊でも目にしたかのような葵を不思議に思いながらも、わたしは葵のそばにしゃがみこんだ。

「それで、なにか困っていることはないですか」

いくたびと声をかけてみるも、葵の口が動くことはない。ただひたすらにじっとわたしをみつめるだけだ。

「その、葵さま？　どうかしましたか」

まったく動かない葵のことが気がかりとなって、ふと手をのばしてしまう。その瞬間、葵はバッと後ずさってわたしから逃げた。

わたしが首をかしげると、葵がびくりと縮こまる。

そんな葵をみて、わたしはようやく理解した。思えばかつての世でも剣をまじえた後にこんな恐怖に満ちた顔をされたことがある。

「その、もしかしてわたしのことが怖いのでしょうか」

葵は震えながらも頷《うなず》く。さもありなんといったところだ。わたしは葵から目をそらしながら、嫌な思いになった。

しかし、懐かしいものである。戦いから遠ざかっていたからこそ、やりすぎてしまえばもともと強者でない者の心は壊れてしまうことを忘れていた。

師にたしなめられたことを思いだす。

強者と弱者の違いもわからずにここまで葵を追いつめてしまうとは。わたしは勝負の時にとどまるべきであったと未熟を恥じた。

葵は心が弱い者であったのだ、ならばなおさら勝負を続けるべきではなかった。義に背くというだけでなく、楽しめないのだからそもそも無駄なのだ。

「すみませんね、わたしは邪魔なようですので去らせていただきます、失礼いたしました」

しかし、それにしても葵にはひどいことをしてしまった。恩があるというのにこうも怯《おび》えさせるなど義に背くどころの話ではない。ともかく、葵からは遠ざかろう。

わたしは頭をさげて、道場にもどろうとする。すると、なんとか口にできたかのようなかすれた声で葵がわたしに口を開いた。

「そ、そんなつもりはないんだ。ただ跡継ぎどのを目にすると震えてしまうだけで。だからいかないでほしい、負けたからといって怯えるような人間にはなりたくないんだ」

「そうですか、ありがとうございます」

わたしは唇を噛《か》む葵の腕がすこし震えているのをみなかったことにした。斧《おの》をわきにおいた葵はそのままそばの薪に腰をおろす。

わたしもまた腰かけたのをみると、葵はおもむろに言葉を口にしはじめた。

「わたしの心はこれほどまでに弱かったのだな。ようやくおじい様がわたしを跡継ぎにさせたがらぬわけがわかったよ」

葵がぎゅっと手を握りしめて震えをとめようとする。その顔は恥辱と激情とでぐちゃぐちゃになっていた。

「そもそもわたしは剣への熱などなかった。才もないし、跡継ぎどののように、ずっと剣のことにうちこめるほど剣を愛していたわけでもない。もっとほかのわけがあった」

わたしは葵の言葉がよくわからなかった。剣への愛や人殺しの願いのほかに剣を学ぶわけとなる思いが考えつかなかったのだ。

葵は己を恥じるように顔を膝にうずめる。そして、とうとうとこれまでの生を語りだした。

葵の父は老人に斬り殺されたそうだ。五十神の剣を汚すほどの醜い剣をふるったから殺した、そう老人は幼い葵にぞっとするほど冷たい声でそのわけを口にしたらしい。

葵がもの心のつくより先のことだったから、葵にはそれが真《まこと》なのかどうかはわからない。ただひとつ言えることは、病で母すら亡くした葵には老人しかいなかったことだ。

葵は老人とふたりきりでこの山奥にて暮らしてきた。

老人が葵に求めたのはただひたすらに剣であった。孫への情など老人にはかけらもなく、五十神の剣を継ぐ者としての葵のみが求められた。

葵が老人に求めたのは親としての愛であった。幼いうちに親を亡くしてこの世で血のつながった者は老人だけとなった葵が老人の感心に執着したとしてもおかしくない。

老人は葵に剣を教え、葵は老人の愛を信じて剣を学ぶ。

そんなつながりが、葵と老人との常であった。ふたりのほかは誰ひとりそばにいない山奥というのが、そのいびつさを深めた。

もしも葵に剣への熱や才があればなにも問題はなかったのかもしれない。老人は五十神の跡継ぎとして葵を愛し、葵は愛を得るために剣に励んだかもしれない。

だが、葵の剣は殺された父よりもひどいものであった。

いくら教えられようとも、まったく技がうまくいかない。技の理を理解することなどできず、ただ動きを擬しただけのはりぼての剣、それが葵であった。

そして、老人はそんな葵に失望を隠そうともしなかった。

「顔と顔をあわせて言われたよ、五十神家には才のない者ばかりが生まれる。わたしをどうして腹のなかで殺さなかったのかと神仏を恨む、とな」

葵がくっくっと苦笑いをする。

親がわりの老人に生まれてこなければよかったなどと口にされるのは、なかなかに苦しいものがあったであろう。だが、葵には老人にすがるほかに道などなかった。

それからも、葵はいじらしくなるほどに老人の愛を願った。男らしい口調にしてみたり、老人の目を盗んで己で剣の鍛錬をしてみたり。

だが、いつまでたっても老人の背は遠かった。

葵が五十神のできそこないというのならば、老人こそは五十神に生まれてしまった悲運の天才であったのだろう。

西海から荒くれ者を弟子にとっても誰も老人に勝つことはできない。葵たちの腕が追いつくよりも老人が老いて衰えるほうが先になりそうだった。

「おじい様の口癖だよ。その技はそうではない、そうではないのだとな」

葵の拙さを嘆く老人に時が情をかけることはない。みるみるうちに死が迫ってくる老人は、やがて葵を叱りつけることも減っていった。

老人も口にはしなかったものの、葵を跡継ぎにするほかに道はないと気がついていたのだろう。だが、それは老人にとってはたえがたいことであった。

老人は逃げるようにして酒に溺れるようになったという。

夜遅くになってからようやく帰ってくる、その老人の息はいつも酒の香りがした。だが、葵はそれでも嬉《うれ》しかった。

老人が渋々ながら葵を跡継ぎにしなければならないと考えていることが、葵にとってはゆがんだ愛のように思えたのだ。

「愚かだろう、馬鹿みたいな考えだ。だがわたしにとっては救いでもあった」

なるほど、あの日わたしが妖《あやかし》に襲われている老人と会った時に、老人があれほどまでに己の命をないがしろにするような言葉を口にしていたわけはそこにあったのだ。

老人は己の愛する五十神の剣を、なにもわかっていない愚か者に継がせるほかないことに絶望していた。それゆえに己の生すらどうでもよくなっていたのだ。

そんな時にわたしと会ったというわけだ。葵の話を聞きながらも、わたしはその続きがどうなるかわかっていた。

老人がそうして夜歩きをするようになってから数年がすぎたある晩のこと、いつもよりも帰りが遅くなった。葵は気をもんだという。

肌寒くなってきた秋の晩、灯《あか》りを手にしながら老人を門にて待つ。やがて葵が目にしたのは、ひとりの童におぶわれた老人であった。

老人は血まみれで、あちこちに傷がついている。童も童で、なんのものかもわからない肉でぐちゃぐちゃに汚れていた。

だが、なによりも葵を驚かせたことがあった。

「おじい様が笑っていたんだ、心から幸せそうに」

ずっとしかめ顔で葵を怒鳴りつけていた老人、葵の剣の未熟を嘆いてげっそりと虚《うつ》ろな顔をした老人。そんなものばかり目にしてきた葵が初めて目にした笑顔であった。

老人はわたしのことを跡継ぎであると葵に語った。葵はそれを嘘《うそ》だと思った。

わたしは力をこめればすぐにポキリと折れてしまいそうな華奢《きやしや》な身をしていたし、虫も殺せないような優しげな顔をしているようにみえたという。

葵はとうとう老人が狂ったかと思ったらしい。

「なにを馬鹿なことをとわたしは笑ったよ。幼い、剣など知るはずもない童をつれてきたのだからな」

だが、心のどこかで絶望していた。老人はこんな童を跡継ぎにしようとするほど葵のことを憎んでいるのだと。そのためだけに、こんなくだらないことをしているのだと。

やがて数日もして、ほんとうに老人がわたしを跡継ぎにすることを知った。

なんと孫である葵すらろくにみせてくれない蔵のなかの秘伝書を、わたしに読ませ学ばせる。

それは跡継ぎにしか許されぬことであった。

葵は老人のことが理解できなかった。

老人の語る望ましい跡継ぎとは、ありとあらゆる秘奥を修めた厳かなる剣術家であるという。

なるほど、わたしはそれから遠いなどというものではなかった。

こんな儚《はかな》げな童が剣を継ぐことができないのは目にみえている、それならば葵を跡継ぎにすればいいではないか。

「わたしが道場に入った時、跡継ぎどのが騙《だま》されているのを救おうという心に嘘はなかった。だが、それだけでもなかった」

跡継ぎを、老人の愛を手にしたい。そう考えていたかつての己を葵は浅ましいとなじった。

「今思えば、あのおじい様がわたしへの憎しみなどに囚《とら》われて、剣の道をそれることなどありえないと気がつくべきだった。おじい様はそれほどにわたしへ興味はないと」

老人は葵が憎いからわたしを跡継ぎにしたのではない、五十神の剣をこよなく愛するからわたしを跡継ぎにしたのだと。そう葵は気がつけなかった。

その思い違いに気がついたのは、わたしと剣をまじえた時であった。

はじめ、葵は老人の言いだした勝負を聞き、ほの暗い喜びに震えたという。葵にしてみれば素人の童を倒すだけで跡継ぎとなれる、老人の愛を手にできるのだ。

老人とてわたしが葵に勝てぬことなど知っているはずだ、となればもう葵を憎んで剣を継がせぬことが叶《かな》わないと考えたに違いない。そう思った。

それは、ひどい思い違いであったと葵は語る。

「初めわたしが力をぬいていた時は考えないとしても、それからも跡継ぎどのの剣にはまったく隙がみえなかった。ようやくわたしはこの世には天才がいると知ったのだ」

いくら剣をふろうとも、わたしにかすりもしない。未熟なりに極めたはずの技はさらに磨かれた美しい技にていとも簡単にはじかれ、床に転がされる。

たった数日、蔵の書を読んだだけの童に血のにじむような修練が敗れる。

「あの時の跡継ぎどのの瞳も、わたしにかけた言葉もおじい様のものそのままだった。わたしの剣を軽くあしらい、わたしはわけがわからぬまま床に倒れている」

その時、葵は老人の嘆きを理解した。老人やわたしのような剣の天才というものにかかれば、葵は愚鈍なとるにたらない人間なのだ。

「もう、わたしはどうすればよいのかわからない。この歳《とし》までわたしはずっと剣を握っていたが、それらすべては無駄だったのだな」

葵が虚ろな顔で笑う。

わたしはなんと声をかければよいのかわからなかった。わたしは剣に魅せられてからひたすらに剣の道を歩いてきた。ゆえに道に迷ったことはない。

たとえより強き者に負けたとしても、それは畏敬することではあれど恐れることではない。むしろより強くなろうと、その強者を殺せるようになろうと楽しくなるだろう。

葵はこれまで剣に捧《ささ》げてきた時を無駄と考えている。そして、そのうえでなにをなせばよいのかわからないと言うのだ。

そんな葵の思いはわたしが理解できるところではなかった。

「すまない、くだらない話をしてしまったな」

葵が暗く笑う。

わたしはぼうっとあたりの山々をながめた。雪をかぶって純白となった木々はじっと寒さに震えている。まるでなにもかもが死んでしまったかのように静かだった。

ふと、なにか光るものがみえたような気がして、わたしはとっさに剣に手をのばす。

葵が目をまるくするのも気にせずにぬいた剣はちょうど飛んできた矢を斬った。斬られた矢が後ろにある斧にあたって耳ざわりな音をたてる。

「な、な、これはいったい……」

腰を抜かしてしまったらしい葵をすぐに土壁の陰に隠れさせる。そうしてわたしは雪山に目をこらした。

雪のなかに、弓をかまえてこちらを射《う》っている者がみえる。野盗か、それとも。

「葵さまはご老人とともに道場におこもりください。わたしがみてまいります」

「そんな危ないことを、童にさせるわけにはいかない。わたしも」

葵が動こうとするのをとめる。

こんな楽しそうな殺しあいは独り占めしたい、というのもあるが寒さで弱っている老人をひとりにするわけにもいかない。

「わたしは、五十神の跡継ぎです。そこらの荒くれ者に負けることはありません。ご老人を頼みましたよ」

バッと土壁から飛びだす。

瞬間、トトトトと軽やかな音をたててわたしのすぐそばを飛んできた矢が雪につきささっていく。わたしは矢を避けながら山のなかへと駆けていった。


木の陰に隠れて、わたしはそっと目をやった。

深い雪にまぎれて、ひとりの大柄な武人がたっている。白の羽織で己をふりつもる雪にまぎれさせているその武人は、わたしの背の倍ほどもありそうな大きな弓を握っていた。

あの時わたしと葵とを狙ったものそのままの矢がそばに散らばっている。違いない、この武人がわたしたちに襲いかかってきた者だ。

そっと剣に手をそえる。

ようやくだ、ようやく人と殺しあいができる。木刀の遊びなどではない、真剣による勝負ができるのだ。

思わず笑ってしまったわたしは、そのまま剣をぬいて木の陰から飛びだした。武人はすこしも遅れることなくつがえた矢をわたしにむける。

目と鼻の先にてはなたれた矢をわたしは身をそらして避けた。

武人が矢を手にとるよりも先に足を踏みだす。まにあわないと考えたのか、武人は弓をなげて腰の小刀に手をかけた。

武人がそれをぬくよりも先に首を斬る。

武人の身につけているような甲冑《かっちゅう》は斬りつけるよりも隙間を狙ったほうがよい。喉もとのかすかな布に目をつけ、刀をさしこもうとした。

瞬間、なにかおかしなことに気がつく。

まるで戦いをやめるように武人がだらりと腕の力をぬいたのだ。わたしの剣が迫るのを、なにもせずにじっとみつめている。

わたしはすんでのところで剣を避けた。

武人のわきに転がって遠ざかる。また矢を射られないよう弓を刀で駄目にしながら、わたしは武人に怒りをこめて問いかけた。

「なにゆえ、小刀を手にしなかったのです。その弓の腕、さぞかし強者であるとみられますのになぜ戦いをとめたのですか」

武人は葵のように心が折れたわけではない。それは甲冑の奥でぎらぎらと血に飢えるように光る瞳からわかる。この武人は最後の最後まで殺しあいを続けられる強者だ。

だというのに、戦いをやめた。

あれだけ胸を躍らせておいて、こんな風に失望させられたことはなかった。わたしは武人に激怒していた。

「やあやあ、これはこれは。やはり俺のみたままであったな、あの跡継ぎどのは剣狂いであろう」

「……うぬ」

木々に隠れていたのだろう男が、薄っぺらな笑顔で姿をみせる。武人はまるで地鳴りのような響く声で短くこたえていた。

わたしはその男の顔に覚えがあった。葵との勝負の後、わたしのことを楽しそうにみつめていたあの男だ。

葵によれば旅にでたとのことだったが、まだそばに残っていたらしい。

「ご老人のかつての弟子でしたか。どうしました、わたしを殺して葵を跡継ぎにしようとでもいうのですか。わけは知りませんが、戦うというのならお受けしますよ」

あの時、男は葵にわたしを殺すよう口にしていた。もしもまだ葵を跡継ぎにすることを諦めていないのであれば、わたしを討とうとしてもおかしくない。

そうであればいいなという願いをこめてわたしは男に語りかけた。

「いやいや、とんだ思い違いだぜ。あんな葵なんて女が死のうが生きようがどうでもいいだろ。

俺は跡継ぎどのに話があってこうして雪山の奥まできてもらったんだ」

だが、男は首を横にふる。わたしはがっくりと肩を落とした。

矢が飛んできた時、顔にはださなかったもののわたしはとても嬉しかったのだ。ようやく義に気がねすることなく強者から命を奪うことができると。

だというのに、これはあまりにも酷《ひど》い。わたしは恨めしげに男をにらんだ。

「なんですか、あまりにも惨《むご》いでしょう。あれほど思わせぶりに誘っておいて、殺しあいを断るとは人の心はないのでしょうか。話ならばいつでも聞きましたのに」

「それはすまなかったなあ。あの爺《じじい》や女に聞かれたくなかったものでな」

男はからからと笑う。そして手を鳴らした。

がさがさと木がゆれたかと思うと、雪とともに老婆が落ちてくる。のっぽの女もまたぬらりと木の陰から現れた。

みな、道場で目にしたかつての弟子たちである。

「まずは俺たちのことといこうか。聞いたかもしれねえが、俺たちは西海の乱で負けちまってここまで逃げてきた荒くれ者たちだ」

それは、老人から聞いた話そのままであった。かつて五十神のように剣にこだわり没落した貴族の崩れで、乱では帝《みかど》に逆らって戦った。

それぞれとはその戦いのなかで顔をあわせたのだという。おなじような生まれということもあってそれからはそろって戦ってきた。

陰陽師《おんみようじ》をいくらか殺すことはできたものの、さすがに京の優れた陰陽師たちの軍が敵となれば厳しい。

「なかなか惜しいところまでいったんだがな。やっぱ帝の陰陽師は強かったわ」

最後の最後で怖じ気《おけ》づいた乱を企んだその貴族は、帝に許しを請おうとした。その情けない貴族に男たちはうんざりして首を斬り落としたのだという。

「あの馬鹿貴族を斬った時はそれはもう楽しかったぜ。今までさんざん俺たちを『陰陽道もできない貴族もどき』なんて嘲ってくれたからな」

将を失って乱はすぐさま鎮められる。帝に背いた者たちがみつけられたはしから首を斬られてさらされていたころには男たちはさっさと逃げだしていた。

にこにこと、まるで笑い話でもしているかのような気楽さで男は西海の乱を語る。男の話は興味をそそられるものの、わたしはなにが言いたいのかわからなかった。

かつての弟子たちにはいろいろと疑問がある。

「すみません。どうして道場にてわたしに勝負をしかけなさらなかったのですか。葵さまよりも優れた腕をおもちと思いますが」

「おっ、気づいちゃった」

男が冷やかすように口で笛を鳴らす。気づくもなにも、誰が考えてもわかるだろう。

わたしとたかが木刀で戦っただけで心が折れてしまった葵と違って、弟子たちはほんとうの戦というものを生きてきたのだ。それは瞳をみればわかる。

あの時、道場でそれぞれ剣に手をかけてにらみあった時から、わたしには葵よりもこの男たちのほうがはるかに強者であることはわかっていた。

「まあ、俺たちにもいろいろあったのよ。やっぱどこの馬の骨とも知れない俺たちよりも葵のほうが跡継ぎになりやすそうだし。俺たち五十神の剣はどうでもよかったから」

男たちが気にしていたのは、どちらかというと屋敷のほうだという。葵が跡継ぎになれば、親しいことをいいことにそこで暮らすつもりだったのだろう。

たしかに骨を休めるところもない男たちにとって、剣の秘伝などよりも宿のほうが欲しいのは正しいのかもしれない。だが、それはわたしが聞き流せる話ではなかった。

老人を妖から助けたとはいえ、宿と飯の恩がある。

葵が困るようなことをみなかったことにするのは義に背くであろう。それに、斬りかかるよい口実になる。わたしは剣を握る手に力をこめた。

「なるほど、葵さまを騙して屋敷を奪おうという考えだったのですか。ですがわたしは手を貸すことはできませんよ、恩がございますから」

わたしが顔をしかめると、男にもわたしがよろしく思っていないことが伝わったらしい。慌てたように男は首をふった。

「違う違う、ほんのすこし宿にさせてもらおうってだけだ。女を追いだしてずっと暮らそうなんてそんなことは考えちゃいねえよ」

べつに昔は弟子だったんだからそれぐらいいいだろうと、男はわたしに語った。すこしの間だけというのなら、男の言うとおりたしかに問題はないのかもしれない。

ならば、とわたしは首をかしげる。

男たちはそのすこしの時でなにをしようというのか。わたしが男たちであるのならば、京からできるだけ遠ざかったところで細々と暮らそうとするのだが。

そう不思議がるわたしに笑みを深めた男は耳をすまさなければ聞こえないほどの囁《ささや》き声で語りかけてきた。

「そうだ、そこで跡継ぎどのに話があるのだ。――跡継ぎどのは、京のやつらを憎く思った時はなかったか。剣で斬ればがくがくと震えてなにもできないくせに、とか。俺たちと違って偉そうにしてやがるな、とか」

男の瞳にはゆらゆらと深い憎悪がみえ隠れしている。

男たちの家が日陰に追いやられてから千年ほどになる。ずっと陰陽道ばかりに重きがおかれ、剣の道を歩んできた家は京での栄達など夢のまた夢となった。

男たちはそんな京の貴族たちが憎くてしかたがないのだという。

時の流れなどどうでもよい、陰陽道とやらにかぶれた貴族たちが男たちを嘲ってここまで家を落ちぶれさせたのが許せないのだと。

「俺はさ、嘘つけねえんだわ。京の貴族が憎くて憎くてたまらないし、だからこそ殺しつくしてやりたい」

男がぞっとするようなことを口にしながら、笑う。

あまりそういった名誉やら栄達やらに興味のないわたしは、どうして男たちはそこまで京の貴族を憎めるのかと不思議であった。

そんなどうもぴんときていないわたしに気がついたのか、男は違う言葉でわたしを誘おうとした。

「ま、剣狂いの跡継ぎどのにはそんなのはどうでもいいだろうから、さっさと話してしまうことだ。俺たちはこれから京の貴族どもを襲って殺しまくってやろうと思ってる」

まさか帝への大逆を、こんな風にぽろりとこぼされると思わなかったわたしは、目をまるくする。

「ちょっと、あんた正気なの？　まだどっちにつくかもわからないこいつに、そんなこと言っちゃっていいわけないでしょ」

「まあまあ、いいじゃん。俺、こいつのこと気に入っちゃったんだよね」

それはほかの弟子たちもそうであったようで、のっぽの女が思わずというふうに声をあげた。

だが、男は気にしていないようでのっぽの女の言葉を聞き流している。

やがてのっぽの女がため息をついて諦めたかのように口を閉ざすと、男はまた俺に話しかけだした。

「どうだ、跡継ぎどのもやってみないか。うまくいけば京のもっともすぐれた陰陽師たちと殺しあいができるぞ」

男の話は、たしかに気をそそられるものであった。

落ちぶれてしまった家の仇討《あだう》ちをするというのは、まあ義に背かないといえばそうなのかもしれない。それに京の陰陽師たちと殺しあえるというのはあまりに魅力がある。

しかし、気になることがある。

「わたしとしては殺しあえればよいのですが、みなさんは京の貴族を殺しつくして、あわよくば権威を手にしたいのでしょう。ここの五人ではいささか厳しくないでしょうか」

そう、いくら剣の腕があるといっても敵にするのは帝とその軍である。

殺しあいを楽しめればいいわたしと違って、その後も考えなければならない弟子たちは戦いの勝ち負けというのにこだわるはずだ。五人というのは考えなしにもほどがある。

この男は嘘をついているのではないか。わたしの疑問に、男は悩むように頭をかかえた後、まわりに目をやってから、聞こえるか聞こえないかぐらいの声で言った。

「問題ない。さすがに詳しくは言えねえが、ほかにひとり京の貴族を殺したいっていう陰陽師と手を組んでる。それでな、うまくいけばまつろわぬ神の祟《たた》りを……」

「はい、駄目。それは言わないってことになってたでしょ。こいつが気に入ったからってそれは許せない。どうしてもっていうならわたしはおりる」

まつろわぬ神。聞いたことのない言葉を口にしたところで、のっぽの女が男の口を手でふさいでしまう。

ほかの弟子たちも男に怒っているようであった。老婆はぎろりと男をにらんでいるし、武人はいつのまにか手にしていた槍《やり》で男をこづいている。

しばらくもごもごと口を動かしていた男だったが、のっぽの女がおりると言いだしたところでうなだれた。男がため息をつく。

「わかったよ、ぬけられるのは困る。ってことで、そこんところは口にできないが、俺たちはとんでもないものを隠してるって思ってくれや」

「わかりました、まつろわぬ神とやらがなにかはわかりませんが信じましょう」

まつろわぬ神がなにかは知らないが、弟子たちは帝を敵にしても勝てると考えるなにかがあるらしい。ひとり陰陽師の手も借りているということもわかった。

はて、わたしはどうするべきか。

考えこむわたしをみて、男は手ごたえを感じたのかゆっくりと歩みよってきた。そしてそのまま悩んでいるわたしの肩に腕をまわしてくる。

「俺は跡継ぎどのを目にした時からずっとうまくつきあえると思ってるぜ。跡継ぎどのは好きに暴れるだけでいい。力をあわせればどちらの願いも叶うってわけだ」

男がにっこりと笑いかけてくる。

そういえば、もしも弟子たちに手を貸すのならば父と戦うことになるのだろうか。親に剣をむけることは、仇討ちとどちらが義に背くのだろう。

そもそも、わたしはなによりも男の口にしたまつろわぬ神とやらが気になってしかたがなかった。男たちに帝を敵にしても勝てると思わせるものはいったいなんなのか。しばらく考えたわたしは心をさだめた。

「わかりました」

「おっ、俺たちに力貸してくれる？　嬉しいぞ」

男が嬉しそうにわたしの頭をぐしゃぐしゃとなでまわす。わたしは男の腕を手ではらって、頭をさげた。

「すみませんが、みなさまの話には頷くことができません」

とたん、のっぽの女がすさまじく長い刀に手をかけた。武者もまた、雪につきさしていた槍をひきぬく。

動かなかったのは老婆と男ぐらいのものであった。へらへらと笑いながらも瞳が冷たい男が、はねのけられた手をぶらぶらとゆらす。

「どうしてか、わけを聞かせてもらってもいいか」

「まず、京にはわたしの父がおります。また、みなさまの家が京から追いやられたのは昔も昔、仇討ちに義はないと考えたまでのこと」

男は疑うようにじろじろとわたしの顔をみつめた。

鋭い。わたしは舌を巻く。もしかすると男はわたしが口にしなかったほんとうのわけというものに気がついているのかもしれない。

「それだけ？　なんだか跡継ぎどのらしくない言葉だなあ」

「実を言いますと、わたしはみなさまと、そしてみなさまの秘するまつろわぬ神とやらと殺しあいたいのです。肩をならべてしまえばそれも叶わぬでしょう」

思ったとおり、問いただしてきた男にわたしは隠していたことを口にしてしまった。

弟子たちとともに京の陰陽師と戦うと考えた時、わたしはどこか己が満たされていないことに気がついたのだ。よくよく考えてみると、それもそうである。

これほど剣の腕がある弟子たちを目にして、わたしがこらえられるわけがなかった。

もしもここで弟子たちの話を断ればどうなるだろうか。帝への大逆ばかりか、その鍵となるまつろわぬ神という言葉まで耳にしたわたしが、頷かなければ。

かならずこの弟子たちはわたしを殺しにかかる。

そう思った時にはもう考えることなどなにもなかった。それに、弟子たちだけにわたしが魅せられたわけではない。

弟子たちに帝の軍に勝てると信じさせたもの、まつろわぬ神という言葉にわたしはどうしてか胸がざわめいてしかたがないのだ。

もしもその、まつろわぬ神が帝の軍ですら敵《かな》わぬほどのものであるというのならば、どちらと殺しあうかなど火をみるよりもはっきりしている。

そんな風にわたしは己の考えを口にした。

弟子たちがわたしをぽかんと口をあけてみつめている。のっぽの女にいたっては「馬鹿になっているのか」と、ぼそりと口にしていた。

そうもまじまじとみつめられると、なんだか恥ずかしくなってくる。

弟子たちと殺しあいがしたいと口にするのははしたなかっただろうか。よくよく考えれば、弟子たちを目にして思いをこらえられないというのは幼い童のようでないか。

「は、ははは！　ひぃ」

そんな時、男がいきなり笑いだした。

腹を手でおさえながら雪のうえで悶《もだ》えている。まるで死にかけの病人のような声をあげながら男は笑い転げていた。

「ひぃ、やっぱ俺こいつのことが好きだわ。こんなに己に嘘をついてないやつなんて目にしたことがねえ」

雪に顔をうずめながら手をたたいている男をのっぽの女が蹴飛ばす。ふご、と声をあげながら黙った男から目をはなして、のっぽの女はわたしに鋭い瞳をむけた。

「もう生かして逃がすわけにはいかない。それはわかるでしょ。この馬鹿がぺらぺら口にしたから、断ったら殺すことになる。それでもいいの？」

「それをこの童は望んでおるというのよ」

黙りこくっていた武者が口を開く。ちゃきりと音をたてて、ぼろぼろの歯で笑う老婆が腰の刀をぬいた。

「ひゃひゃ、ではこの童の臓物はくろうてもよいというわけか」

「その悪食、なんとかならないの。みてるこっちが気を悪くするんだけど」

「そう思うならば、先に童を殺せばよいだけのこと」

弟子たちが軽口をたたきながらもわたしを囲うようにして動く。その槍が、長い刀が、ぼろぼろの刃《やいば》がわたしにむけられた。

こちらもゆっくりと剣をぬいていく。ああ楽しみだ、西海の乱にていくつもの殺しあいをへた弟子たちの剣というのは、どんなものなのだろう。

起きあがった男は頭に手をやりながら、ため息をついた。

「まあ待て、べつに殺さなくともいいじゃねえか」

「そちらがこの童を好いているのは知っておる。が、すまぬがその言葉は聞き入れるわけにはいかぬ」

武者が槍をぴたりとわたしの喉にむけながら、きっぱりと男の言葉を断る。その瞬間、風が吹いた。

「黙れよ、なんなら俺と殺しあうか」

武者の首にぴたりと刀がそえられている。男のほかの弟子たちはその動きを目で追うこともできなかったようだった。

男は弟子たちのなかでもぐんと優れた剣の腕があるらしい。

「正気か」

「正気だとも。俺の言葉に従えねえなら殺してしまったほうが楽だ」

武者がしぶしぶといった風に槍をおろす。男に顔をむけられると、のっぽの女と老婆もまたそれぞれ刀をさげた。

またも殺しあいをお預けにされたわたしは、男の考えをはかりかねる。

どうしたというのだ、人のことを気に入ったからといって殺すことを惜しむような人間には男はみえない。

「頭冷やせって、こいつ殺してなんになるんだよ。どうせこいつは童だ、京の貴族どもが話を聞くわけがない。戦っても俺たちが無駄に死ぬだけだっての」

だが、男のもっともな言葉はわたしやほかの弟子どもの腹に落ちた。

たしかに、わたしのような童がやってきて五人の荒くれ者が京をひっくり返そうとしていると言われたとして、誰が信じるというのか。

男にとってはそもそもわたしのことなどどうでもよかった、だからあれほどわたしに企てのことを聞かせてくれたのだろう。

「じゃ、さいならな。気がむいたらいつでも声をかけてくれよ」

男がわたしに背をむける。そのままほかの弟子たちとともに雪のなかに消えていった。


「なかなかに演技のうまいものですね」

わたしは後ろの木、その根もとを剣にて斬りつける。

ズズズと音をたてて雪のつもった木が倒れていくなかを、影がさっと飛びだして弟子たちのそばまでいった。

五人いたはずの弟子、その最後のひとりである小男だ。木の葉のうちに隠れていたその小男は、小刀をわたしにむけながら舌うちをした。

「よく気づいたな」

「ご冗談を。あれほどに殺気をあてられては隠れられるものも隠れられますまい」

男が感心したとばかりに口で笛を吹く。

だが、わたしはそんな男の口だけの賛辞などどうでもよかった。

そもそも、五人いたはずの弟子がひとり欠けていれば気をはらうものだろう。気がつかないというのは考えなしだ。

「でも、嬉しいです」

「ん？　どうした」

とぼける男であったが、わたしは喜んでいた。

「きちんと童だからと侮ることなく、わたしを殺しにきてくれるのですね」

「……おうよ、なんたって俺は西海の乱を戦った荒くれ者だからな。また跡継ぎどのを殺しにきてやるよ」

ため息をついて、男はわたしに情けないような笑みをむける。だが、その瞳からはただひたすらに冷たい光だけがむけられていた。

ありがたいことである。

男は葵のようにわたしを童だからとみくびることはない。ゆえにかならずわたしを殺そうとしてくるだろう。

「また、そちらのよき日に殺しにきてください」

「わかったぜ、その時は矢にくくりつけて恋文でも贈るさ」

男が手をひらひらとゆらしながら去っていく。わたしはその背をずっとみつめ続けていた。

あの日からいく月かのこと。弟子たちとの殺しあいを楽しみにして、わたしは情けないことになにも手がつかなかった。

葵や老人には、弟子たちのことはなにも話していない。ただ野盗がいたので追いはらったとのみ語った。

剣をふっていると、いまだわたしを殺しにこない弟子たちのことを思いだして、せつなくて苦しいほどである。ゆえに気晴らしに庭の草木とばかり遊んでいた。

だが、くる日もくる日も男からの知らせはない。こうして暇をもてあそんでいるうちに、いったいどれほどの強者と戦えたかと思うと、わたしの心は焦るばかりであった。

もしかすると、あの男の言葉は嘘だったのかもしれない。

そんなふうに疑いだしさえしてしまう。せっかく蔵で学んだ剣が腐ってしまうのではないか、そんな風に思いだした時であった。

「跡継ぎどの、なにやら矢にくくりつけられて手紙がきておりますぞ」

庭にて草木をみていた老人が、手に紙きれをもってわたしに声をかけてくる。老人や葵にみられないように手紙を読んだわたしは、湧きあがる笑みをなんとかこらえた。

「すみません、追いだした野盗がわたしとの殺しあいを願っているようでして」

「なるほど、いつごろにゆかれますかな」

老人は剣のことなると話がはやくて助かる。わたしは老人に頭をさげて許しを請うた。

「ええ、夜になったらむかいとうございます」

「わかりましたとも、剣の道となればなにも口をはさみますまい」

ふと、葵が老人の手にある矢に目をむけているのに気がつく。

どうしたというのだろうとわたしは不思議に思ったが、その疑いはきたる剣の道を知る者との殺しあいへの喜びでかき消された。


冬のさなかである、日が暮れてあたりが暗くなるのにはそれほどかからない。老人から灯りをうけとると、わたしは深い夜に足を踏みだした。

ずっと続いていた吹雪がやんで、あたりは静まりきっている。夜の黒と雪の白とは、わたしにかつて師と会った時のことを思いださせた。

あの夜に魅せられた師の剣、それに恥じぬだけの戦いができるだろうか。

いや、わたしにできることはただひとつ。ひたすらに己の剣をもってあの弟子たちを心から殺していくだけのことである。

灯りで雪道をてらしながら歩いていると、かすかに風の音が聞こえた気がした。

瞬間、わたしは灯りから手をはなし、剣を握る。はるか遠くから射られた矢は先ほどまでわたしの頭があったところをズレることなく飛んでいった。

雪に灯りの炎が消され、月が雪山を青白く光らせる。わたしは矢の飛んできたほうにむかって駆けだした。

どんどんと矢がわたしのそばをかすめていく。

その矢尻はぬらりと濡《ぬ》れていて、恐らくは毒でも浸されているのだろう。夜の闇にまぎれるように、矢のすべてが黒で塗られていた。

そうして走り続けて、わたしはようやく弟子たちの姿を目にとらえる。

そこは、木のひとつも生えていない森にぽっかりと開いた雪原であった。光をさえぎるものはなにもなく、雪がただひたすらにきらきらと輝いている。

そのまんなかに、矢を番《つが》えてこちらをにらむ武者がいた。

ぎりぎりとひきしぼられた弓からまた矢が射られる。その速さも強さもかつてのものとはくらべものにならないほどであった。

だが、避けられないほどではない。武者を殺そうと駆けだしたわたしに、わきからのっぽの女が斬りかかってきた。

とてつもなく長い刀が、わたしが懐に飛びこむのを許さない。ゆらりゆらりとゆれながらわたしの首を狙ってくる。

「童といって、わたしは手をぬかない。死んだら埋めるぐらいはしてあげるから、心残りなく斬りきざまれるといい」

「それは、嫌ですね。わたしはもっと剣を楽しみたいので」

のっぽの女が足を斬りつけてわたしの動きをとめようと剣をふりおろす。わたしはその刀の背を踏みつけて、深く雪に沈ませた。

そのまま飛んで女の首を刎《は》ねようとする。

「っ!」

のっぽの女の驚いたように見開かれた瞳がすぐそばにあった。

「ぬんっ!」

「臓物かきだして死ねやぁ、この餓鬼がぁ!」

武者の長い槍が、老婆のぼろぼろの刀が、のっぽの女の首にかかりかけたわたしの剣を退ける。地にたたきつけられた武者の槍が雪をまきあげ、わたしの瞳をくらませた。

「……助かった」

「礼を言われるほどのことではない」

のっぽの女が雪のなかから剣をぬきながら、武者に声をかける。

わたしはというと、血走った目で襲いかかってくる老婆と剣をかわしていた。ところどころ刃の欠けた剣を老婆はがむしゃらにふりまわす。

「きひひっ」

老婆の唾が飛び散り、わたしの顔にもかかってくる。わたしはその獣のような老婆の剣を静かにみつめて、剣をうちあわせた。

カキン、と音がして老婆の刀がぽっきりと折れてしまう。

あれほどぼろぼろの剣ならば、きちんと剣をうちあわせることさえできれば折ることなど難しくもない。

わたしはそのまま老婆の命を奪いにいった。

剣を失ってむきだしになった老婆の胸もとにむけてわたしは剣をつきたてようとする。が、すんでのところでわたしはわきに飛びすさった。

背後からいつのまにか現れた小男の一撃が、わたしの頭をかすめていく。

こめかみに浅い傷がついたのか、わたしは己の頬を生温かい血が滴るのを感じた。恐るべき勢いで飛びだしてきた小男はそのままふたたび木々のなかに消えていく。

息をつく間もなく、わたしは上段からふりおろされた刀をなんとかうけとめた。

「よう、このまえ言ったとおり殺しにきてやったぜ」

男が笑いながらもぞっとするほど美しい技でわたしの首を斬ろうとする。わたしは男の剣にはじき飛ばされたままに、弟子たちから遠ざかった。

なるほど、これが西海の乱を戦ってきた者たちの剣か。

たらりと垂れてくる血をぬぐいながら、わたしは思い知った。かつての世にも、この世にてもこれほどの剣の腕をもった者とは数えるほどしか剣をかわしたことはない。

そんな五人が、それぞれを守りあい助けあいながら殺しにくるのだ。

「どうだ、俺たちの剣の腕は。五十神の跡継ぎどのの目に適《かな》いましたかね」

「ええ、すばらしい。これほど剣で心を動かされたのはひさしぶりです。それほどに美しい剣には、かけねなしの賞賛を贈りたいと思います」

わたしは楽しくてしかたがなかった。

鯉《こい》の妖との戦いからずっと強者との戦いに飢えていた。葵との勝負はその欲を深めこそすれ鎮めることはできなかった。

やはり殺しあいでなくてはならない。

しかも五十神の剣を学んだばかりのところに、おあつらえむきに優れた剣の腕をもつ敵が五人も襲いかかってきたのだ。

わたしにはこれは神の恵みとしか思えなかった。

「それで、俺たちの腕を知って死にたくないとこっちについてくれるんなら考えないこともないが、その顔つきからして無駄みたいだな」

「そうですよ、こんなめったにない殺しあいを逃してたまるものですか。そちらこそ逃げないでくださいね、興ざめにもほどがあるので」

男がわたしの笑みをみて呆《あき》れたようにため息をつく。

またじわじわとにじりよってくる弟子たちに嬉しくなりながら、わたしは顔いっぱいに笑みをうかべて語りかけた。

「では、かつては西海の乱で戦ったという弟子のみなさま。いざ尋常に真剣勝負を願いつかまつります」


「しつこいなあ、もう死んだらいいじゃん」

のっぽの女の剣が、あたりの雪を巻きあげながらわたしの頭のうえを斬りつけてゆく。かがみこんだかと思うと、武者の剛槍《ごうそう》がすぐそばにあった。

「ぬん！」

わたしをうちのめそうとやってくる槍に手をつき、わたしは飛ぶ。

そんなわたしに老婆の影がさした。やみくもに斬りつけられるのを、剣でうけていく。

わたしはそのまま五人の弟子たちのまんなかに足をつけた。

白い雪のうえにぽつぽつと赤い染みが散っている。こめかみに入った浅い傷からこぼれたわたしの血だ。あの傷をつけられてから、どれほど時がたったのだろうか。

そのあいだ、わたしはずっと五人の剣から逃れ続けていた。

「よくもそう、ちょこまかと避けられるもんだ。こっちはとっくに殺しにかかってるってのによ」

男がぼやく。わたしは胸をはずませながら、笑った。

「いいではありませんか。こうして殺しあいをするのは楽しいでしょう。技と技とのぶつかりあい、命の奪いあいほど美しいものはありませぬ」

「俺たちはな、跡継ぎどのみたいな剣狂いじゃねえんだよ。いつもいつもやべえ剣ばかりくるもんだから、死んじまうって冷や冷やするぜ」

脂汗を滴らせながら、男は首をふる。

「そうですか、それは困りましたね。……ならば、そろそろ首をもらいにいきます」

「！」

わたしはすぐそばの木の幹を蹴りつけ、その葉につもっていた雪をぼとぼとと弟子たちの頭のうえに降らせた。舞った雪が弟子たちの目を潰す。

雪にうずもれ、あるいは足をとられて五人の動きが鈍くなる。

その瞬間こそが、わたしが願ってやまなかった時であった。ひくくかがんだままに駆けだす、剣をむけるのはただひとり。

「まずい、気をつけろ。やつは雪にまぎれて襲いかかってくるつもりだ」

男の叫びは、虚《むな》しくも遅かった。

「餓鬼が、臓物よこっ……」

老婆に優れた剣の才ありといえども、老いばかりはどうしようもない。わたしがその細い腕を強《したた》かにうちつけると、握る手が弱まった老婆はぽろりと剣をとりこぼした。

蔵の書でわたしが学んだ技のなかには、はたしてこれは剣としてよいのかと首をかしげるようなものもあった。

大道芸じみた無駄な技であったり、魚をさばくことにのみ生かせるような技であったり。そうでなくとも、剣としてよいのか悩む技はほかにもあった。

この国を西の果てから東の果てまで旅した、とある女が編みだした剣もそのうちのひとつである。それは、刀をすこしもつかわない技であった。

旅の先々で野盗などに襲われてばかりの女は、その荒くれ者から逃れる術を数えきれないほど考えだした。橋を落とし、川を渡り、そして森に火をつけと。

その術は、やがて数で勝る敵とまっこうからぶつかるのを避け、ひとりずつ殺していく剣として語られるようになり、やがては五十神の蔵におさまることとなる。

もう、老婆に命はなかった。

剣もなく、倒れかけているので逃げることもできない。なによりも、先ほどまで助けてくれていたほかの弟子たちは雪で動くことができない。

わたしの刀が、さくりと老婆の胸もとにつきささる。どろりと黒く濁った血が、わたしの手を滴り落ちて雪を染めた。

「かひゅ」

剣がひきぬかれると、老婆は倒れる。しばらくぴくぴくと震えていた老婆の腕は、やがてだらんとたれさがった。


「よくもやってくれたじゃん！」

のっぽの女が、激情に瞳を染めながら剣をふるってくる。

だが、その剣は怒りに狂うことなく、たしかにわたしの首を刎ねようとしていた。さらにわたしの後ろからは、小男が静かにわたしの胴をつきさそうと忍びよってきている。

わたしの逃げ道をふさごうとする二人の技が、わたしは嬉しかった。

ぐっと腰を落としてしゃがみこむ。童であるがゆえに、ふたりの剣はわたしを殺しそこねた。わたしはそのまま頭のうえにかまえた刀を手首をひねって振りまわす。

ふたりの足を斬って転がしたわたしは、そのまま流れるようにその胴をふたつに斬る。あふれるように流れでた血と臓物とが雪のうえに散った。

濁った瞳のまま、ふたつにわかれたふたりの弟子の亡骸《なきがら》がごろりと転がる。

わたしは血の赤に染められた雪のうえをゆっくりと歩いていく。そんなわたしを残った武者と男とがじっとみつめていた。

「ちっ、やべえな。どっちかが死んでも恨みなしだぜ」

「うむ」

武者と男とは、わたしをはさむようにして剣をむけてくる。瞬間、武者が雪を巻きあげながらわたしにむかって踏みこんだ。

長く、太い槍がゴウと音をたててせまる。

わたしはそれをすんでのところでかわし、武者の懐に飛びこんだ。武者はすぐに槍を捨て、刀で斬りかかってくる。

が、すでにわたしは飛んでいた。

武者の剣を足がかりにしてさらに跳ねる。もはや意味のない刀を捨てて武者は最後にわたしの首めがけてその太い腕をのばした。

武者の大きな手がわたしにせまる。その腕ごと、わたしは武者の首を刎ねた。

兜《かぶと》をかぶった武者の首が宙を舞う。くるくるとまわりながら飛んだ武者の頭が、男の足もとに落ちた。

血を噴きだしながら倒れこむ武者を背に、男にむけて駆ける。

最後に残った男は、ほかの弟子たちがみな殺されたのにもかかわらず笑ったままである。瞬間、目にとまらぬ連撃が、まるで吹雪のようにわたしを襲った。

暴風雨のような男の剣が雪を吹き飛ばし木々をなぎ倒す。そんな男の剣撃をゆっくりとすりぬけて、わたしは男を斬りすてた。

笑ったまま、男は血をまき散らして後ずさる。ぷしゅぷしゅと赤があたりの雪を勢いよく塗りこめていった。

その赤の雪に男が倒れる。

「跡継ぎどのに手をだしたのは愚かだったたわ、もっと考えとかなきゃ駄目だな」

血を流しすぎてもはや虫の息となった男は、かすれた声をわたしにかける。男の自嘲にわたしはかける言葉を思いつかなかった。

「それは困ります。こんなに楽しい殺しあいができたのもみなさまのおかげですから」

「……そうだな、跡継ぎどのはそういうやつだったな」

死にゆく男は、そう口にしたきり黙りこんでしまった。

五人の優れた剣の者が、その亡骸を転がしている。その死を惜しむようにして雪がしとしとと降りだした。

「すばらしい勝負でした。心から楽しませていただきました」

ああ、なんと美しい剣技であったことか。殺したとて、その技を侮ることはわたしにはできなかった。冥福を祈って手をあわせる。

「ご老人の弟子のみなさま。その優れた剣に酔わせていただいたこと、忘れることはありません。願わくは、また黄泉《よみ》にて勝負を願いたいものです」

「楽しんでいただけたようでなにより。わしとて心を砕いただけのことはありました」

しんしんと雪が血を隠していく雪原に、老人のしゃがれ声が響いた。

ぬっと雪のくぼみから枯れ木のような老人が歩いてくる。カシャカシャとまるで壊れたからくり細工のように笑う老人は、ほかならぬ弟子たちの屍《しかばね》に満ちたりた顔をしていた。

「ご老人、この弟子たちの企てはご存知だったのですか」

「わしのかつての弟子たちと勝負がしたかったのでしょう」

老人がとぼけたようにわたしの問いをはぐらかす。そういえば、そんなことを葵の勝負の後にこぼした覚えがある。

まさか、老人はそれから弟子との殺しあいができるようにずっと後ろで糸をひいていたのだろうか。この闇討ちの始終を知る老人に、わたしはそう邪推してしまう。

そんなわたしの疑いを、老人はどこ吹く風というふうに笑った。

「跡継ぎどのの気にすることではありますまい。こやつらは跡継ぎどのを黙らせようとして殺されただけのことなのですから」

老人が、かつての弟子たちの亡骸をみつめる瞳にはなんの情もない。老人にとって、この五人の弟子たちはわたしの腕を磨くための駒にすぎなかったのだろう。

だが、老人の言うとおりわたしを殺そうとしたのは弟子たちである。ならばこの勝負をしかけたのは弟子たちであり、老人にその死の責を問うことはできない。

わたしは黙ることしかできなかった。

「これで心残りはありませぬ。跡継ぎどの、五十神の技を後世に伝えさえすれば後は好きにおやりなさい」

老人が懐から小刀をとりだし、それを己の首にそえた。

なるほど、老人にとっては五十神の剣こそがすべてであったのだろう。その憂いが断たれた今となっては、老人が命にくぎりをつけようというのも頷けた。

「よいのですか、せっかくわたしがいるというのに勝負をしなくとも」

「跡継ぎどのの剣を年老いてろくに動けぬわしの剣で汚しとうはありません。その美しい剣を目に焼きつけて死なせていただきたい」

死にゆく老人へのせめてもの情けを、すげなく断られる。

「跡継ぎどののおかげで満ちたりた生でございました」

老人はぐっと刃をしわくちゃの肌に食いこませた。そのまま勢いよく振るわれた小刀は老人の首をなかばまで断ち斬る。

わたしはそれをじっとみつめた。

老人の死に顔は、すこしの悔いもない笑みであった。

雪原にて生きているのはわたしひとりだけとなった。静かな夜だ。

「さて、そこに隠れなさっている葵さまはどうしたのですか」

「ひっ」

わたしは木の陰に隠れて震えている葵に目をやった。葵が恐怖で顔をゆがませながら後ずさる。その怯えようにわたしは苦笑してしまった。

「べつにとって食いはしませんとも。わたしとて義は知っております、その気のない者に斬りかかるなど理もわからぬ獣の業ではないですか」

「や、やめて。殺さないでっ……、剣の修羅さま」

どうやら死の恐怖に囚われた葵は私の言葉を耳にすることもできないらしい。そんなに葵を怖がらせてしまったとは悪いことをした。わたしはすまなく思う。

口をきいてももらえないならば、もうそばで暮らすことはできないだろう。わたしは葵に屋敷を譲って旅にでることにした。

「葵さま、わたしは跡継ぎとしてご老人のものをすべて継いだのでしょうが、それはお譲りいたします。蔵のほかはすべて葵さまのものとしてください。では」

葵は声を口にできない。恐怖で濁った瞳にわたしは諦めて背をむける。

葵は恐らくは弟子たちがわたしにむけた矢文、その矢を目にして弟子たちとわたしが戦うと知ったのだろう。

いてもたってもいられずに飛びだしてきたはいいものの、親しかった弟子が殺されていくのを目にして心が死んでしまったようであった。

わたしは葵を後に残してこの山を去っていく。遠くにみえる京の灯りを目にしながら、わたしはどこへ旅しようか頭を悩ませた。

そういえば葵という音にどこか聞き覚えがある気がする。いったいどこで耳にしたのだろうか、わたしは頭をひねった。

「五十神、葵……」

そう声にしてはじめて、わたしは葵という女をかつての世で目にしたことを思いだした。そうだ、わたしが撮影で死んでしまったあの映画、そのもとの漫画にいたような。

たしか、殺人剣にこだわる師に己の技を貶《けな》されたことが悩みであったか。

ここでいう師とは、老人のことであったのだろう。

話では、やがて諭されると人を活《い》かす剣などという世迷《よま》い言《ごと》を唱えるようになるはずだった。初めて読んだときに思わず失笑してしまった気がする。

もうわたしはかつての世の剣道にはこりごりだ。

「剣とはしょせん殺人の術、なればこそ真剣勝負にてのみ輝くものです」

葵の考えは考えでよいのだろうが、それはわたしの剣の道とは違ってしまっている。葵への興味をなくしたわたしは山道をくだっていった。

第4章　剣の修羅、門扉にて

ピチピチと小鳥のさえずりが聞こえてくる。わたしは寝ぼけまなこをごしごしとこすりながら瞳を開いた。

そうだ、大橋のたもとで夜露をしのいだのだった。

朝日のまぶしさに目を細めながらわたしは背をうんとのばす。夜明けすぐなのにもかかわらず、京は賑《にぎ》やかであった。

ひさしぶりにその騒《ざわ》めきを耳にして、口がゆるむ。

旅にでたなら京に生きて帰ってこられるかはわからなかった。この世では京のほかは妖《あやかし》や盗賊がうじゃうじゃといる。寝首をかかれればわたしとて死んでしまうだろう。

つまり、京はこれが最後かもしれない。

せっかくだから、なにか飯をいただいてから京を去ろうか。そう考えたわたしは京のはずれにある市へと足をむけた。

もちろん家の者にみつかっては困るので、笠《かさ》を深くかぶって顔を隠している。

京ほどの栄えた街ともなると、その市というのは人でごったがえすものだ。素朴ながらしっかりとした造りの町家がずっと続いている。

野菜や魚を売り買いする商人たちの声を聞きながら、わたしは飯屋をさがした。

「なあ、聞いたか。五十神《いそがみ》の若君はもう半年ほども家に帰っていないらしいぞ、いったいどこでなにをしているのだろうな」

「どうせ今ごろは妖に喰《く》われて腹のなかであろうな。少納言どのも憐《あわ》れなことに、やせこけて飯も口にせぬらしい」

耳に入ってくる話のなかには、わたしの父のものもある。父の苦悩を知ったわたしは義に背いているのではないかとすこしばかり心苦しくなった。

だが、これでいいのだ。剣の修羅たるわたしと父とではうまくいくはずもない。

心残りをふりきるようにわたしは頭をふり、ちょうどそばにあった飯屋に入った。飯屋のなかはうす暗く、たったひとりしか入っていなかった。

商人や農民ばかりの市にあって、男は貴族なのか狩衣《かりぎぬ》を身にまとっている。だがその貴さが目につくというわけではない。

むしろ、野犬のような荒っぽさをもつ男はがらんとした飯屋にとけこんでいた。

「さびれた飯屋にて会った縁もあろうかというもの、わたしのそばにきなさい」

戸口でたちつくしていると、男が猫なで声でわたしに語りかけてくる。わたしはその言葉に甘えてすぐとなりに腰をおろした。

「旨《うま》いうえに人がいない、ここはわたしも気に入っている飯屋だ。もしも初めて入ったというのならば運がいい」

「そうですか。これから旅にでるのですが、京のみやげになりそうでよかったです」

その時、わたしは初めて男が目を布でぐるぐる巻きにしていることに気がついた。それだけではない、男の浅黒い肌には墨で呪が書かれている。

この男は陰陽師《おんみょうじ》だ、わたしは気がついた。

それもただの陰陽師ではない。呪を己の身に書きこむなど、こんな不思議な陰陽術は父のものとでもみたことがなかった。

陰陽師はまるで人を食ったかのように笑う。

「わたしが気になるか」

「すみません、ぶしつけでした」

「いや、よい。わたしとて己がいわゆる陰陽師とは異なることぐらいはわかっている」

陰陽師が目の布をさする。そして、その手をわたしにむけてかざした。

ずるずると手の呪が動く。まるで水あめのように陰陽師の指から垂れていったその呪は地についたとたんに黒い沼となった。

ぬぷりと沼から黒い手がのびてくる。

その手から銭をうけとると、陰陽師はいつのまにかそばにいた飯屋の者に渡した。飯屋の者は陰陽師の術に慣れているのか目もくれない。

かわりに銭を数えると、眉をひそめた。

「銭があまってますぜ」

「ああ、こちらの人にも飯をやってほしい。なに、こんなへんぴな飯屋で会ったんだ。陰陽師らしく縁を気にさせてくれ」

飯屋の者は肩をすくめると奥へとひっこんでいった。やがてがたがたと飯をつくっている音が聞こえてくる。

あっというまのことで、声をあげることもできなかった。義がどうのこうのといわずとも礼は口にせねばならないだろう。

「ありがとうございます」

「なに、かまわないさ」

しばらくして、飯屋の者が雑穀の混じった米と焼き魚、それに湯気のたつ汁物をもってくる。わたしは陰陽師が手をはわせて飯をさがしていることに気がついた。

「なにを口になされたいのですか」

「かたじけない、汁物を頼む」

わたしは陰陽師の手を握って汁物のところまでもっていく。つつみこむように汁物を手にし

た陰陽師は、ゆっくりと飲み干していった。

「ぶしつけでしたね、すみませんでした」

「なに、恥ずかしい話だが陰陽術でしくじって潰してしまってな。隠すつもりもなかったし、目が見えぬというのもよいものだぞ」

目がみえた時にはわからなかったものが聞こえるようになったと陰陽師は語る。

「たとえば、君がやんごとなき身の童であること。大臣の家ほどではないな、せいぜい親が少納言といったところか。そういえば五十神の若君が消えたらしいな」

わたしは陰陽師の言葉に驚いて思わず膳をとり落としかけてしまった。床にその身をつけようとした焼き魚をなんとか掬《すく》うと、陰陽師が笑いを噛《か》み殺している。

「すまんすまん。五十神の若君は思ったよりも嘘《うそ》をつけないお人だったのだな」

陰陽師はどこかこちらを嘲るような声をしていた。わたしは思わずむっとして顔をしかめてしまう。

「なぜわかったのです」

「言葉から生まれというのはだいたいわかる。貴族であってもその位によって言葉選びや声色に違いがあるのだ。あとはそれを聞きわける耳さえあればよい」

陰陽師がその耳を指さしながら忍び笑いをする。

なるほど、そんなことができるのか。わたしは陰陽師の不思議な耳に感心しながらも、いざとなったら逃げだせるようにそっと足に力をこめる。

やはり京に入るのは愚かであったのかもしれない。ここで陰陽師に、父までわたしのことを知らされれば、また追手にびくびくしながら逃げるはめになる。

だが、陰陽師はそんなわたしをみて苦笑いをした。

「そう気をたてずともよい。わたしは少納言さまに口をきけるほどの身ではない」

わたしは首をかしげた。

すこし話をしただけでわたしが少納言の子だと気がつくほどの人間なのだから、てっきりやんごとなき身の人なのだと思っていたのだが。

「そうなのですか、てっきり栄達を重ねているものかと」

「そううまくもいかん、生まれが農夫なものでな。今はたまたま摂政にかかえられた雇われの陰陽師のひとりでしかない」

陰陽師はあかるく笑っている。だが、わたしは布で隠れたその瞳の奥に、どろどろとした激情と欲望がうず巻いているような気がして目をそらした。

「まあそんなことはどうでもよいのだ」

陰陽師がゆっくりと焼き魚をかじっていく。骨があるのにもかかわらず頭からぼりぼりと口にしていく。ばきばきと骨の折れる音が陰陽師の口から聞こえた。

「聞きたいことがある。五人ほどの荒くれ者を深叡山《しんえいざん》のほうで目にしなかったか。わたしの親しい友でな、西からやってきたからむかえにいってやりたいのだが」

わたしはなんとか驚きを隠す。なに食わぬ顔でわたしは陰陽師に話の続きをうながした。

「武者に小男、のっぽの女と老婆、あとは軽々しい笑い声が耳につく男の五人なのだが。知らんかね」

わたしは陰陽師の考えがわからなかった。

おそらく、この陰陽師こそがあの五人が手を貸してくれると口にしていた者なのだろう。だとしたら、わたしが五人を殺したと知っているのか、知らないのか。

「西海の乱を戦ったという荒くれ者たちのことでしょうか」

「おう、そうだとも。知っているのならばよい、なにせいきなり知らせもなしに消えたものでな。いったいどこにいったのやら」

陰陽師がぱっと顔をあかるくする。

わたしは真《まこと》を口にするべきか悩んで、陰陽師にこの飯屋の恩があることに気がついた。飯をいただいておきながら嘘をつくのは義に背く。

「それで、今はどこで暮らしておるのだ。さすがにそこまではわからんか」

「雪にうずもれております。わたしがみな殺しましたから」

陰陽師の笑顔がゆっくりと消えていく。わたしはもしものことを考えてゆっくりと腰の刀に手をかけた。

ただでさえ暗い飯屋が、じっとりとした嫌な静けさにつつまれる。

「ほう、どうしてかな。あの五人はなかなかの腕をもった優れた剣の者たちであったし、童といって気を許すほど甘くはなかったはずだが」

「男が京を滅ぼすという大逆のことを口にしたのを聞いてしまったもので、わたしを黙らせるために襲いかかってきたのです」

陰陽師が顎をさする。しばらくして嘘をついている口調ではないとわかったのか、男はわたしを信じることにしたようであった。

「ふむ、そうであったか。ほかに耳にしたことは」

「まつろわぬ神、とやらについて聞きました。もっとも言葉を聞いただけでそれがなんなのかはわからないままでしたが」

陰陽師が舌うちをする。そして、雑穀の入った米をまる飲みしてしまった。

「それはよかった。そこまであの男の口が軽ければ、屍《しかばね》を掘りだして辱めのかぎりをつくすところであった」

「まつろわぬ神とはなんなのですか」

わたしの問いかけに、陰陽師はそっけなかった。

「そう聞かれてわたしが教えるとでも思っているのか。五人が死んでなにもかもが無駄になって、気がたっているこのわたしが」

「すみませんでした」

「いや、あの五人が愚かだったのだ。若君が気にすることはない」

陰陽師ががちゃりと音をたてて手にもっていた膳をおく。荷をまとめた陰陽師はそのまま戸口へと歩いていった。

「おひとりでも大逆を続けられるつもりですか」

「大逆……はて、なんのことだ。わたしはしがない雇われの陰陽師だよ」

日の光で影になって、そうとぼける陰陽師の顔はよくみえなかった。


その日、わたしは京をみてまわって晩には京の東まできていた。

西とは違って京の東はずいぶんと栄えている。だがさすがにはずれのほうにある門ともなると人気もなく、静まりかえっていた。

これから、わたしは東へと旅をするつもりだ。そのためにもこの晩はぐっすりと寝て朝にそなえなければならない。

わたしは門のうえの楼から日暮れの京をじっとみつめた。

昼は人で賑わっていた大路も、妖が姿を現しだす逢魔《おうま》が時《とき》には誰もいなくなっている。それはわたしの忍びこんだ門もおなじであった。

夜の京は魔界である。恐るべき妖たちが大路を徘徊《はいかい》し、人々は怯《おび》えて陰陽師の結界で守られた屋敷にこもる、そういうものなのだ。

この楼にて夜をしのぐことにして、そっと横になった。

いつ妖が襲ってきても困らないように剣をかかえて眠りにつく。うとうとしてきたころに、わたしの耳はおかしな音を聞きつけた。

ギシギシと木のきしむ音が聞こえる。牛車《ぎっしゃ》だ。

妖ではない、この世のものならざるものではなかった。楼の床の板、その隙間からみえるのはたしかに人の乗った牛車であった。

夜の京をほっつき歩くなどただの愚か者か、そうでなければよほどの好き者であろう。

なかなかよいこしらえの牛車は、そのなかにやんごとなき貴人が座していることを教えてくれる。わたしはかかわりあいにならないことにした。

これで尊い貴族に目をつけられて騒ぎにでもなれば困ってしまう。

牛車が門をくぐりぬけはじめる。わたしは牛車が門をすぎていくのを、息を殺してずっとみつめた。

その瞬間、月の光が、牛車から長い影をのばしている。

わたしは刀に手をかけた。

楼の窓から黒い犬が入りこんできたのだ。襲いかかってきたその犬の首を、わたしは剣にて斬った。斬られたはずの犬はそのまま霞《かすみ》のように消えていく。

命を奪った手ごたえがない、これは式神だ。

わたしは楼から身を乗りだす。果たして、門からすこし遠ざかったところに牛車がとめられ、そしてそのそばにはあの昼の陰陽師がいた。

「これはこれは、飯屋で会ったばかりだな」

「ええ、その時はお世話になりました」

陰陽師がくっくっくと笑っている。わたしは、わきの牛車に目をやった。

「その牛車にはなにが積まれているのですか」

「昼に若君が聞いてきたものだよ。まつろわぬ神、その祟《たた》りを起こす儀のための捧《ささ》げものといったところか。わたしがずっと目をつけていた宝だとも」

まつろわぬ神、というのがなんなのかはわたしにはわからないが、なんとなく推しあてることはできそうだった。

つまり、まつろわぬ神とは祟り神のことであり、陰陽師はこれをもって京に災いをなそうとしているのだ。

わたしは陰陽師が飯屋にて最後に口にしていた言葉を思いだす。

「京の貴族を殺すのは諦めたのではないのですか」

「なにを愚かなことを。五人ほどの虫けらが殺されたぐらいでわたしが怖《お》じ気《け》づくとでも思っているのかね。あの言葉ならば若君を騙《だま》すための嘘よ」

陰陽師が野犬のように歯をむきだしにして獰猛《どうもう》に笑う。

いつのまにかそばにもどっていた犬の式神の頭をなでながら、陰陽師はその素顔をあらわにした。

「わたしはそこらの凡人とは違う、陰陽道の天才なのだ。そんなわたしがただの雇われの陰陽師で終わってよいはずがない。帝《みかど》を殺してでも栄達してやる」

男が手をたたくたび、犬の式神がどんどんと数を増やしていく。

わたしはどうして陰陽師がこんなふうに己の考えを口にするのかわからなかった。こんな言葉、聞かれれば京のほとんどの陰陽師を敵にするだろうに。

「どうしてわたしがこんなことまで教えるのかと、不思議がるような顔だな。なに、簡単なことだ。若君には死んでいただくのだからよいのだよ」

なるほど、それはありがたい。わたしはこの陰陽師と戦うことができると知って嬉《うれ》しくてしかたがなかった。

もちろん、こうなるよう願っていろいろと口にしたのもあるのだが。

どう考えても陰陽師にとっては隠したいであろう、『まつろわぬ神』について飯屋で口にしたのも、牛車について聞いてみたのも、すべてその浅ましい願いあってこそである。

恥ずかしい思いをしたが、そのおかげでこうして陰陽師はわたしを殺しにかかってくれた。願っていた陰陽師との戦いに胸が躍る。

この世にはびこる、剣よりも陰陽術のほうがはるかに優れているという考えが誤っていると、わたしの手でたしかめる。生をうけてからずっと思っていたことのひとつだ。

わたしは刀を握る手にそっと力をこめた。

「ゆけ」

男の短い言葉とともに、数十にも膨れあがった式神はわたし目がけて駆けだした。

血走った目で、犬の群れがわたしの喉を食いちぎらんと襲いかかってくる。犬たちのよだれと熱い息とが今にもかかってきそうであった。

わたしは刀を寝かせ、犬たちの胴まで腰を落とす。

「なるほど、それでは陰陽師どの。これは真剣勝負ととってよろしいのですね」

蔵にあった剣の考える敵というのは、いくつも種がある。強大な妖を殺すことにばかりこだわる剣から、人から逃げて命を守るという逃げ腰の剣までさまざまだ。

そのなかで、獣を殺すための剣というのはあまりない。

猟師というのは刀など手にせずとも弓で獣をしとめることを貴ぶ。わざわざ刀で獣のそばによるなど愚かだからだ。

だが、獣にいきなり襲われ手には弓がない、そんなもしもの時を考えた剣がないわけでもない。北の山奥で伝えられてきた剣には野犬にかこまれた時のものもあった。

　野犬の群れというのは恐ろしいものだ。いくつかを殺したとて残りの野犬に首に噛みつかれれば死んでしまう。ゆえに、すべてを殺さなければならない。

　すなわち、すべての敵を刀の刃《やいば》におさめればよいのである。

　剣を握るところのぎりぎりまで手を滑らせ、まるで大きな弧を宙にえがくようにして刀が飛ぶ。刃はとらえた犬の胴をすべて斬りふせてしまった。

　どさどさと、まっぷたつにされた犬の屍が転がっていく。

　数十もいた式神はすべて胴を斬られて果てていた。死してなお、地を駆けようと犬の足がぴくぴくと震えている。

「なるほど、剣など無駄でしかないと考えていたが、腕のある者ならばうまくすれば陰陽術のはしくれほどには敵《かな》うというわけか」

　陰陽師はどこか馬鹿にするような目つきでわたしの握る刀を目にする。

「ええ、そのとおり。剣はすばらしいですよ」

　どんな嘲りよりもわたしは剣を無駄と言われることを嫌う。思わず眉をひそめたわたしに陰陽師は笑った。

「なに、たかが剣ごときに己の式神をまとめて殺されるほどでは、わたしもまだまだだと恥じただけのことよ」

そう口にしながらも陰陽師は獰猛な笑みをひっこめようとしない。

「鋼の棒などよりも、はるかに優れた陰陽術をもってしても殺すのに手を焼くなど、恥にもほどがある。剣で陰陽師に勝てないというのは真のままとはいえ、な」

わたしの激情を煽《あお》るように陰陽師は剣をけなしていく。そんな陰陽師に、わたしは怒りというよりもかえって悲しくなった。

「虚《むな》しいものですね。剣を嫌っているとはいえ、わたしはあれほどの数の犬をけしかけた陰陽師さまの術に感心していましたのに」

「やめてくれ、おだててもわたしは若君を殺すよ」

うすく笑いながらも陰陽師は懐から符をとりだす。それをひらひらと風にのせて宙にまいた。符が黒く染まっていく。

その呪は、わたしが飯屋にて目にした陰陽師の術とそっくりであった。

「それはこちらの話。優れた陰陽師であるからこそ剣にて殺すのです」

「はっ、ではくるがよい。剣にこだわる愚か者よ」

らしくないわたしの煽りに、陰陽師が腹をかかえながら笑う。

符が地についた瞬間、陰陽師は笑い声をひっこめて手をたたいた。黒い沼があちらこちらに現れる。

沼からずるりと腕がつきだしてくるも、わたしは陰陽師から目をはなさない。

「では、せいぜいその優れた剣の腕とやらであがくがいいさ」

「剣を嘲る陰陽師さま。わたしが剣とはなんたるものかを教えてさしあげましょう。いざ、尋常に真剣勝負を願いつかまつります」

沼の黒い手がわたしめがけて飛びかかるなか、わたしは剣を握る手に力をこめた。


黒い手が飛びかかってくるのを、わたしは後ずさって避けていく。なぜかはわからないものの、わたしはあれに触れてはいけない気がしていた。

わたしをとらえることができなかったその黒い腕は、どんどんと門の柱にぶつかっていく。腕が木の柱に触れたとたん、柱は黒にそめられた。

つんと鼻をさすような臭いがして、柱の木がどんどんと腐っていく。

腕はそのまま腐った柱を折りながらわたしを追いすがってきた。手の群れは速いものの、わたしならば逃げきることは難しくない。

襲いかかってくる腕を飛んだりしゃがんだりして避けながら、わたしは陰陽師に目をやる。

この呪をなんとかするためには、術者を殺さなければならない。陰陽師をめがけてわたしは駆けだす。

陰陽師はわたしがやってくるのを目にしても眉ひとつ動かすことはなかった。

その身に書きこまれた呪をずるずると動かし、地にいくつもの黒い沼を生む。その沼からは先ほどまでとはくらべものにならない数の腕が噴きだしてきた。

このまま馬鹿みたいにぶつかっていけばこちらが殺されてしまう。

わたしは陰陽師の首を諦めてわきに飛んだ。わたしを後ろから追ってきた腕と、陰陽師が新たに生みだした腕とがぶつかって、断末魔の悲鳴のような聞いたことのない音が響く。

たがいにたがいを腐らせた腕たちであったが、それによってたち昇った黒い霧を吹き飛ばして、ぎりぎりのところで曲がった腕がいまだわたしを追いかけてきた。

陰陽師にむかって駆けていたわたしはまたもその首を諦めることになる。いつまでも追ってくる黒い手からわたしは逃げ続けた。

むろん、このまま逃げていてもなんにもならない。この腕は術者を殺さなければ消えることはないのだろうともわかる。

だが、陰陽師まで刀がとどかない。

「なんとも困ったことですね、なんとか陰陽師さまの首までゆければよいのですが」

「それはこちらの言葉よ、こうもちょこまかと逃げられれば殺せるものも殺せん」

思わず悩みを口にしてしまうと陰陽師もまた笑う。

そして、陰陽師はなにを思ったのか、目に巻かれた布に手をかけた。ばさりばさりと潰れた目を守っているはずの布をほどいていく。

やがて、陰陽師の隠されていた目があらわになった。

だが、その目はただの人のものではない。陰陽師は目があるはずのところになぜか大きな耳がふたつついていた。

驚きのあまり、わたしは目をまるくしてしまう。

「なんなのですか、それは」

「なに、ちょっとした儀にて目を失うかわりに手に入れた耳よ。これがあるからこそわたしはみえぬものを聞くことができる」

陰陽師がぐにゅぐにゅと目を動かすように耳を動かす。やがて目があったのならば、みつめていたのであろうという風に顔をわたしにむけた。

陰陽師がわたしを嘲るように笑う。

「では、なにも知らぬ愚かなる剣の者に、わたしから陰陽術の秘奥をみせてやる。さあ、わが秘儀をご覧じろ」

わたしはその言葉にとっさに陰陽師から遠ざかり、門の楼まで飛びあがる。そんなわたしに逃げるのは無駄とばかりに陰陽師は指を組んだ。

もはや陰陽師は笑ってなどいない。いっさいの情がぬけ落ちた顔で、厳かに真言を口にする。

「オン・バロジェクナ・シャク」

おどろおどろしい陰陽師の声が、あたりに響いた。

秘儀とは、その陰陽師がもっとも深くまでたどりつくことでできた術である。陰陽術とひと口に言っても、その種は呪から式神、神祇《じんぎ》まで数えきれないほどある。そのすべてを極めることのできる陰陽師などほとんどいない。

ゆえに陰陽師はどんどんと己の道を深めてゆく。

学ぶつもりのない術は忘れ、これぞとみた術をひたすらに学び続けた陰陽師が修めることのできたもっとも深き術。それは、陰陽師の腕の証《あかし》ともなった。

その秘儀はつまりその陰陽師の奥の手である。なぜならば、その秘儀こそが陰陽師のすべてであるのだから。

背筋がぞっとして、わたしはふと暗黒にいることに気がついた。

音は聞こえる。肌をなでる風も感じる。だが、先ほどまでわたしたちの頭のうえで輝いていたはずの月の光がすこしもみえない。

わたしは陰陽師に目をふさがれたのだと知った。

「はてさて、目を封じられた若君は呪いの腕を避けることができるやいなや」

陰陽師の愉快げな声にまぎれて、わたしはひゅるひゅると腕が風をきる音を聞く。これだけを頼りにわたしは逃げまわらなければならないらしい。

まったくもって無茶な話であった。

陰陽師は目とひきかえにあの耳をもっている。ゆえにこの暗闇に閉ざされたとしてもわたしがどこにいるかも、どうあの黒い腕を動かせばいいのかもわかるのだろう。

だが、わたしは犬や猫ではない。

人なみの耳しかもたぬわたしは、音だけを聞いてものがどこにあるかなどわかるはずもない。それでも腕に触れた瞬間に死んでしまう。

「ははっ」

思わず笑いがこぼれてしまった。

この世で陰陽術に剣で挑むなど愚かなのだと、わたしはわかった。こんな不可思議な術をつかわれてしまえば、剣の者は暗闇でわけもわからず殺されるしかなくなる。

とある女が、千年も昔に陰陽術を生みだした。こんなふざけた術をどこの誰でも学べばつかえるようにしてしまった。

なるほど、剣が負けるわけである。

剣にかわって陰陽術が貴族の嗜《たしな》みとなり、かつての偉大なる剣術のほとんどが消えてしまったのも頷《うなず》けることであった。

「剣で陰陽師は倒せない。わたしを殺したいならその能無しの剣を捨ててむかってくるほうがまだましというものだ」

陰陽師がわたしを嘲る。陰陽師の言うことは正しいのかもしれなかった。

「ふふふふ」

駄目だ、笑いがとまらない。

「なんだ、気でも狂ったか。つまらんな、なかなか気骨のあるやつだったから、生かしたまま捕まえてやろうと思っていたのだが。狂ったのならば殺してしまうか」

陰陽師がつまらなそうにため息をつく。それとともに、腕が風をきる音がどんどんと激しくなっていった。

「いえ、陰陽師さまはどこか思い違いしていらっしゃるのです」

わたしはなんとか笑い声をひっこめた。

剣では陰陽術には勝てない、すぐに殺されてしまう。無駄にもほどがある、剣術には限りがあるのだ。そんなもの、京の家で父に数えきれぬほど教えられている。

だが、それがなんだというのだ。

わたしはあの夜の師の剣に魅せられたのだ、陰陽術を目にして心を動かされたのではない。

ゆえに、わたしの道はすでにみえている。

困難だとか、そんなものはどうでもよい。剣で陰陽術に勝つのだ。

そこかしこから襲いかかっているのだろう黒い腕が、門の楼の壁をどんどんと腐らせていく。

その音にじっと耳をすませたわたしは、ほんのわずかな希望を耳にした。

ほんのすこし、腕が門の木を腐らせる音が聞こえないところがある。

先ほどまでの声で、陰陽師がどこにいるかはだいたいわかっている。ならば、そのほんのわずかばかりの望みにかけて駆けだすだけだ。

わたしは門の楼から飛びだし、陰陽師めがけて駆けだした。

後ろで柱のほとんどが腐ってしまった門が崩れる音が聞こえてくる。だが、わたしは目もくれることなくただひたすらに陰陽師をめざした。

どんどんと腕がわたしを追ってくる風きり音が聞こえてくる。その音を頼りに目のみえないわたしはがむしゃらに跳びはねた。

もちろん、すべての腕を避けられるはずもない。

腕がかすめた笠が、ものの腐る嫌な臭いをさせる。それでもわたしは駆ける足をとめることはない。陰陽師のそばまできていることを、わたしははっきりと感じた。

ちゃぽんと、沼が生みだされる音がする。

陰陽師はまた腕を生みだしてわたしを追いはらうつもりなのだろう。そうなれば身を守ってくれる壁がもうないわたしは終わりだ。

この時にかけなければならない。わたしは剣をきつく握りしめた。

五十神の剣というのは、それぞれの跡継ぎがどんどんと新しい剣を記して絶えず増えていっている。つまり、そのなかには陰陽術の隆盛を目にした者もいた。

陰陽術というのは、ひとたびはなたれれば避けられぬ死をもたらすものもある。ゆえに、剣にて陰陽師に勝とうとしたその者たちは、未熟ながらも新たな剣を編みだしていた。

すなわち、一瞬での殺しである。

足を弓のようにひきしぼり、力をこめて地を蹴りつける。ほんのわずかの後、わたしはすべてを残して男の懐にあった。

「な、なにをした」

己の優勢を疑いもしていなかった陰陽師の驚きの声が聞こえてくる。

もはや黒い腕の襲ってくる風きり音は聞こえなかった。陰陽師の荒い息がこめかみにあたってくすぐったい。

優れた耳をもっているか、もっていないかなどどうでもよい。たがいの心臓の音すらも聞こえるほどそばにいるわたしは、剣をふりかぶった。

いかな恐ろしい陰陽術であっても、先に術者を殺してしまえばよい。

なるほど、よく考えられた技である。わたしはかつての賢人たちの知に舌を巻きながら陰陽師を斬りつけた。

「ぐ、あああああっ」

陰陽師の絶叫が闇夜に響いた。

術者の心を乱したのか、わたしの目がふたたび光をとらえる。剣で斬りつけた勢いのまま、陰陽師の背後まで駆けぬけたわたしは、笑顔だった。

剣であっても陰陽師に敵うのだ。このまま剣の道を歩んでよいのだ。

そう喜びながら、わたしはふと陰陽師がうずくまっているのを目にした。あたりに血をまき散らして荒い息をしているものの、なにやら嫌な気がする。

陰陽師に目をこらしてはじめて、わたしは陰陽師を殺しそこねたことを知った。

「あの一瞬で、腕をひきかえに首を守りましたか。死の時にそれほど冷静でいられる人などどれほどおりましょう、すばらしい」

わたしは陰陽師の首を斬りつけたつもりであった。だが陰陽師はその一瞬で刃と首とのあいだに腕をふたつともはさみこんだのだ。

きれいに斬られた腕から鉄砲水のように血を噴きだしながら、陰陽師はなんとか命をつないでいた。だが、陰陽師が弱っていないわけでもない。

荒い息をしている陰陽師の顔は青くなっており、今にも倒れてしまいそうなほどふらふらとしている。わたしをにらみつけるのも、強がりであることはわかりきっていた。

「まさかこれほどの秘技があったとは、若君を侮るべきではなかった。西海の乱にて敵なしと称賛されたこのわたしも焼きがまわったか」

陰陽師が歯を食いしばってずりずりとわたしから遠ざかろうとする。

「そう恥じることではありません。この技は一瞬にてかならず術者の命を奪うことだけを考えられたものなれば、陰陽師さまから腕しか奪えぬことが驚きなのですから」

わたしは剣をしっかりと握ったまま陰陽師にむかって歩いていった。けっして嘘などではないわたしの賛美に、陰陽師が苦い顔をする。

悔いと憎しみで瞳を燃やしながら、陰陽師はわたしをにらんだ。

「わかったぞ、若君は血に飢えた剣に魅せられし妖であったか。それを知ってさえおれば、手をださなんだものを」

「では、大人しく首をさしだされますかな」

「なめるな、わたしはやがてはこの京を統べる陰陽師であるぞ！」

陰陽師が叫んだ。ふつふつと煮えたぎる激情のまま、陰陽師はわたしを殺さんと遺《のこ》された力をふりしぼる。

それは優れた術者たる陰陽師の意地であったのだろう。ならば、剣の道を歩む者としてわたしもこたえなければならなかった。

陰陽師の袖から、呪符の雪崩がこぼれでてくる。一瞬にして大地が暗黒に染まり、数えるのも馬鹿らしくなるほどの黒い腕が飛びだしてきた。

呪符の雨が降るよりも先に地を蹴ったわたしは土壁や門の跡を駆けぬけていく。その後ろをまるで黒い壁のように腕が追いすがってきた。

「オン・バロジェクナ・シャク」

男が鬼のような顔で真言を唱える。またわたしは目のきかない永遠の暗黒へと放りだされた。もはやわたしが頼れるのは、かすかに聞こえてくる陰陽師の息づかいと肌にひりひりと感じる殺気のみである。もちろん、わたしにはそれだけでよかった。

わたしは瓦を蹴り、土壁から虚空に躍りでる。

瞬きのうちに陰陽師の息がかかるそばまで駆けぬけたわたしは、刀を腰だめにかまえた。もう首を斬りそこねるなどという情けない過ちはしない。

かつて葵《あおい》がわたしとの勝負で放ってきたあの上段からの剛剣、その技をもってかならず陰陽師の命をいただく。すさまじい力のこめられた刃が陰陽師の肉に食いこんだ。

「ぐっ」

短い、おしこめたような叫びが陰陽師の口からこぼれる。瞬間、わたしの刀が陰陽師を肩から腰まで斬りつける。

ふたたび光がもどった瞳でわたしが目にしたのは、血を噴きだしながら倒れゆく陰陽師の姿であった。

先ほどまでの命をかけた殺しあいが嘘であるかのように、月がしんしんと門のなれの果てを照らしている。陰陽師の呪の腕はすでに影もかたちもなかった。

わたしと陰陽師との勝負の名残りは、血をまき散らしながら弱弱しく胸を動かしているひとりの死にかけの陰陽師だけであった。

「ごほっ、まつろわぬ神をよこせ、そばに、ああ……」

すでに考えもまとまらないのか、そんな戯言《たわごと》ばかりが陰陽師の口から放たれる。わたしはそんな陰陽師の顔にそっと布をかけてやった。

「わたしは、わたしはもっと栄達してやる。帝をひきずりおろして、わたしが……」

陰陽師の最期の言葉は、まさに帝への大逆を企てた男にふさわしい、あまりにも大きな夢だった。

「陰陽道とは、これほどまでに激しいものであったか」

絶命した陰陽師の懐からのぞきみえる呪符に、あの不可思議な無数の腕の群れを思いだす。あれが陰陽術というものなのか、そうわたしは感嘆した。

わたしはそっとふたつにわかたれた陰陽師の屍に手をあわせる。

「陰陽道の深遠をみせていただいたことは忘れません。陰陽師さまの華麗な術にわたしは魅せられたのです。またわたしが死んだなら黄泉《よみ》にて勝負をいたしましょう」

しばらく陰陽師の冥福を願ったのち、わたしは遠ざかったところにある牛車にむかった。陰陽師はまつろわぬ神への捧げものだと言っていたが、なんなのだろうか。

わたしは牛車のすだれをあげて、中をのぞいた。

スゥスゥという安らかな寝息が聞こえてくる。牛車の中には、ひとりどこか陰ったような顔つきの美しい姫君が眠りについていた。

悪夢でも目にしているのか、時に眉をひそめては苦しげな声を口にしている。

わたしは顔をひきつらせた。あの陰陽師がまつろわぬ神に捧げようとしたものとは人であったか、やはり陰陽術とは激しいものである。

ゆっくりと姫君をみつめて、わたしの背にひたりと冷たい汗が流れ落ちた。

姫君が身にまとう着物は、少納言の子であるわたしからみても、この世のものとは思えないほど華やかで美しいものであった。

こんなものをぽんと娘にあたえられる貴族など、京でも片手でたりるほどしかいないだろう。しかも、帝まで数えてである。

嫌な予感しかしない。

わたしはいっそのこと、牛車をもっと京のうちの門にならいるであろう衛士《えじ》におしつけ、身をくらましてしまおうかとすら考えた。

――が、それはもぞもぞと姫君が動いたために未遂に終わる。

ハラハラとわたしがみまもっていると、姫君はその美しい瞳をそっと開いた。

寝ぼけたように目をこすっていた姫君がわたしをみて固まる。すぐにきょろきょろと周りに目をやった姫君は、死んだ陰陽師に目をやって瞳を虚《うつ》ろにした。

わたしは慌ててすだれを降ろして陰陽師の屍を隠す。

姫君は黙りこんだ後に、ため息をついた。人の死んだのを目にしてもその瞳にはなんの情もうかんでいない。

「で、あなたはわたしをどうしたいのですか。殺しますか、それとも父から金を奪いますか。せめてそれぐらいは教えてくれてもいいと思いますが」

なにやら思い違いをされているような気がして、わたしは慌てて頭を横にふった。

「ち、違います。とおりがかりにあの陰陽師に襲われただけで、わたしは姫さまのことはおろか右も左もわからないのです」

しばらく疑うようにわたしをみつめる姫君であったが、またため息をつく。蝶《ちょう》よ花よと育てられたであろう姫君にしては、どこか世を儚《はかな》むところがあった。

「わたしは夷勢穂《いせほ》の娘の狛《はく》です。あなたも貴族のはしくれなら家の名ぐらいは聞いたことがあるのでしょう。あそこの父が雇った陰陽師がわたしをさらったのでしょうね」

陰陽師は雇われた貴族の姫君を、まつろわぬ神に捧げて祟りを起こそうとしていたようだ。

つくづく世でいうところの義を気にしない男である。

それはそうとして、わたしはそっと狛という姫君の顔をうかがった。

知った顔の男に背かれたというのに、狛は嘆いたり怒ったりがない。これは狛が強がっているのかそれとも心が死んでいるのか、問題ないのだろうか。

わたしが何を気にしているかみてとったのか、狛はそっぽをむく。

「べつに気にかけていただかなくともよろしいです。昔からこうしてさらわれたり殺されかけたりはよくありました」

なるほど、やんごとなき貴族の姫君はなんとも苦労するものらしい。

そういえば、姫君の家はなにやら聞いたことがある気がする。わたしは、夷勢穂という貴族がいったいどんなものだったか考えようとして固まった。

まさか、夷勢穂というのはあの摂政の夷勢穂ではないだろうか。

夷勢穂氏といえば娘を天皇家に嫁がせては摂政関白の座を牛耳る、京の貴族の頂にある大貴族だ。まさかそんな姫君を陰陽師はさらってきたのではないだろうか。

ふと思いだす。そういえば陰陽師は摂政に雇われたと口にしていなかっただろうか。

もしも陰陽師が摂政の興した帝の軍にいて、そこで目に適《かな》って雇われたのだとしたら話がうまくいく。わたしは頭が痛くなってきた。

夷勢穂の姫君など、どう考えても騒ぎになる。

このまま静かに京から東へと旅をするというわたしの考えが、もうめちゃくちゃだ。わたしは逃げだしたい思いをぐっとこらえた。夜の魔京にか弱い姫君の狛をひとりでおいておけば、朝には臓物も残されてはいないであろう。

それはそれで騒ぎになるし、なにより義に背いてしまう。

思えば、わたしにはほかに道は残されていないのだ。わたしは泣く泣く狛を夷勢穂の家までとどけるしかなかった。

「あ、ははは。もしよろしければお屋敷までお連れしましょうか？」

ずきずきと痛む頭をおさえながらそう口にしたわたしに、狛は気だるげに頷いた。

夷勢穂氏の家は京の北、大路のそばに門をかまえている。少納言など吹き飛ばしてしまえるほどの貴族が集まるあたりでもくらべものにならぬほど豪勢なものであった。

いつまでも続く白の土壁のわきを歩いていると、その隆盛がうかがえる。

夜は闇につつまれる京とはいえ、大臣や大納言の暮らすこのあたりはかがり火に照らされている。しばしばわたしは屋敷を守っている陰陽師の姿を目にした。

みすぼらしい身なりをしているわたしを目にしてなにやら言いたげにするも、夷勢穂の紋のある牛車を目にするとぎょっとして逃げていく。

おかげでいまのところ困ったことにはなっていない。

だが、夷勢穂という貴族の権威をひしひしと感じるわたしは、どんどんと落ち着かなくなっていった。泣きだしたい思いである。

門のそばまで牛車をひいていくと、ひとりの女の陰陽師が守りについていることに気がついた。とたん、わたしの頭にいい考えが思いつく。

あの陰陽師に狛を渡してわたしは逃げてしまえばよいのだ。

摂政ほどの貴人に目をつけられても剣の道によいことなどひとつもないどころか、むしろ困ってしまう。それよりは知られぬまま旅をしたほうがよい。

わたしは喜び勇んでその女の陰陽師へと歩みよっていった。

「そこのやつ、あやしいぞ。ここは摂政、夷勢穂さまの家なればすぐに去るがよい」

女の陰陽師がそばによるわたしに目をつけて怒鳴りつけてくる。わたしは牛車をとめて頭をさげると、女の陰陽師に語りかけた。

「狛さまをお連れしております。たまさか狛さまが牛車にて、誰も守る者がおらず困っていらっしゃるところを目にしたもので」

「なに、狛さまをお連れしただと」

わたしの言葉に、女の陰陽師はすぐに駆けよってきた。

「狛さま、お許しください」

恐る恐るというふうに女の陰陽師がすだれをあげて牛車のなかをのぞきこむ。

女の陰陽師は狛の姿を目にすると、思わずといった風にへなへなと崩れ落ちた。姫君が生きて帰ってきたことに気が休まって、力がぬけてしまったのだろう。

女の陰陽師のともすればやりすぎな振る舞いも、よく考えてみればわかるものだ。

摂政の姫君がさらわれて帰ってこないとなれば、その姫君を守っていたはずの陰陽師は責を負って殺されるだろう。姫君だけでなく、女の陰陽師も命が助かったのである。

「しばしお待ちください、狛さま。摂政さまにお知らせしてまいります」

女の陰陽師が狛に深々と頭をさげて牛車から辞する。そしてわたしにむきなおりどこか羨ましそうに肩をたたいた。

「そこの童はよくやってくれた。なんといっても摂政さまの姫君をお救いいたしたのだからな、恐らくは夷勢穂さまから考えきれないほどの褒美を賜るだろう。待っておれ」

これはうまくいきそうだ。わたしは門にむかおうとする陰陽師の腕をつかんでとめた。目をまるくして陰陽師がわたしに顔をむける。

「なんだ、どうした。わたしが褒美を奪うかもしれないなどと考えているのか。そんなことをするわけが……」

「いえ、むしろ逆でございます。わたしのような卑しい者に摂政さまの褒美をうけとることなどできません。ここは、あなたが狛さまをみつけたということにしませんか」

なんとかしてこの女の陰陽師に狛をおしつけて逃げたい、その思いだけで口を動かす。この女の陰陽師ならば頷いてくれそうな感じがあった。

とにかく、わたしははやくこの場から去りたいのだ。

わたしから狛をみつけた誉を譲ってもよいかと聞かれた女の陰陽師は、驚いてすこしのあいだ顔が固まった。だがすぐにまわりをみて誰にも聞かれていないことをたしかめると、女の陰陽師はがしりとわたしの手を握った。

「それは真か、まさかわたしを騙そうというのではないだろうな」

「あなたに嘘をついてなんになりますか。実はわたしは追われる身でして、騒ぎは嫌なのです。常から夷勢穂の家を守るあなたには報いがあってもいいのではないでしょうか」

女の陰陽師ははやくも心が動いているようであった。あともうすこしで説きふせることができる、わたしはここぞとばかりに声をひそめた。

「わたしはこのまま東へと旅にでます。京にはほかにことの始終を知る者はおりませんから、嘘が暴かれることはないでしょう」

「……では、お願いしようか」

女の陰陽師は嬉しさを隠しきれないままにこくこくと頷く。これで話はついた。

狛を救ったのはこの女の陰陽師ということにすればその誉は守られるだろうし、わたしも騒ぎに巻きこまれることなく剣の道を歩むため憂いなく旅にでられる。

誰しもにとって嬉しい、こんなにいい話はないだろう。

口をあわせるために軽くどうやって狛の乗った牛車を、摂政に雇われていた陰陽師から奪ったかを教えると、わたしは女の陰陽師に牛車の手綱を渡した。

そのまま、わたしはそそくさとその場を去ろうとする。

だが、神のいたずらかそんなわたしのささやかな企《たくら》みは、ついぞ実を結ぶことはなかった。

ばたんと門をつきやぶらんばかりの勢いで飛びだす影があったのだ。


「ハ————クッ！」

耳が聞こえなくなるかと思うほどの大声が闇夜をつんざく。歩くたびに地がゆれるほどまでどっぷりと太ったひとりの貴族が屋敷から転がりでてきた。

どしどしと地響きをあげながら、その貴族は牛車にむかって駆けていく。そして牛車のすだれを吹き飛ばしてしまった。

狛を目にした瞬間、その貴族の瞳にうるうると涙がうかぶ。

「よくぞ生きて帰ってきてくれた、父は狛のことを思って眠ることもできずに震えていたのだぞ！」

「……うるさい、離れて」

抱きついて涙でぐしゃぐしゃの顔をすりつけてくる父をうざったそうに狛があしらう。感涙にむせび泣く父と違って、娘は嫌そうな顔をしていた。

そういえば、この肥え太った男が狛の父であるということはもしかすると。

この男がどれほどの貴人かわかって顔を青ざめさせたわたしは、すぐに額を地にこすりつけるようにして頭をさげた。そばで女の陰陽師もまた顔を青くしている。

わたしの額をたらりと脂汗が流れた。

この太った男こそが帝の摂政であり、この国で最も大きな権勢を誇る京の貴族たちの頂に君臨する貴人、夷勢穂梟《きょう》である。

ひとしきり娘にしがみついて泣きはらした後、梟はくるりとわたしたちに顔をむける。わたしはその機嫌をそこねぬようにと祈ることしかできなかった。

警察やら軍人やらに追いかけまわされるのはかつての世でこりたのだ。

殺しあいがいくら好きといっても、ああもひっきりなしにこられたのではおちおち剣の修練もできないということを、師との旅でわたしは学んでいた。

「そこの童がわが愛娘《まなむすめ》を救ってくれたというのか。これは心からもてなさなければ夷勢穂の名が廃る、さあお入りください」

わたしの肩を握って、梟は門のほうへと誘ってくる。かと思うと、まったくの情を感じさせない瞳で女の陰陽師のほうへと顔をむけた。

「そこの、とっとと去れ。わしは褒美欲しさに嘘をついて誉を奪うような者を雇うほど愚かではない」

「おっ、お許しを。家にはまだ幼い子もおるのです、なんとか慈悲を」

梟は、わたしにむけていたふくよかな笑みが嘘かのように冷たい瞳で女の陰陽師をみつめている。女の陰陽師はそれでもとばかりに梟にすがりついた。

「黙れ、わしが去れと言っているのだ。そもそも先にわしの望みに背いたのはそちらであろう」

「ひっ」

梟が女の陰陽師を蹴飛ばす。そしてそのまま目もくれることなくわたしの肩を抱いて門をくぐろうとした。

わたしは思い悩む。女の陰陽師も話に乗ってきたとはいえ、わたしが褒美を譲ろうとしなければこんなことにはならなかっただろう。

摂政に口をきけば、どうなってしまうかなど火をみるよりもあきらかだ。気を害してしまえば五十神の家まで困ったことになるやもしれない。

だが、どうしても義に背くことはできなかった。

「すみません、摂政さま。わたしへの褒美などいりませんから、どうかこの陰陽師の過ちをみなかったことにしてはくださりませんでしょうか」

摂政に深々と頭をさげる。女の陰陽師が息をのむのが聞こえた。

わたしをみつめる摂政の顔から優しげな笑みがすぐに消えていってしまう。すっかり情のぬけ落ちた顔になった摂政は冷たい声をあげた。

「いくら娘の恩人とはいえこれはわが家の話、口をだされる筋などありはしない。この者を雇っておいてまた家に背くようなことがあればどう責を果たすおつもりか」

「なんなりといたしましょう、ですからなにとぞよろしくお願いいたします」

わたしはただひたすらに摂政の許しを請い続ける。だが、摂政はつれなくもわたしの願いを断ろうとした。

「ふざけるな、そう易々《やすやす》となんでもすると聞いてわしが頷くとでも思うたか。この者はわしに背いたのだ、ならば罰がなければならぬ」

わたしの背をたらりと冷や汗が流れ落ちる。どうも摂政の心は動きそうになく、わたしはその機嫌を損ねてしまったかもしれなかった。

「お父さま、わたしはやく眠りたいわ。いいじゃない、そんな女がどうのこうのなんて。どうせわたしの苦しみはどうにもならないんでしょう」

その時、狛がため息をつきながら口を開いた。心からどうでもよさそうにわたしと女の陰陽師をみつめながらあくびをしている。

狛の言葉はありがたいが、摂政が耳を貸すかどうか。

だが、狛への摂政の愛をみくびっていたわたしは、摂政の顔にたちまち笑みがうかんでくるのをみて目を疑ってしまった。

「なんと、狛がそう言うからにはそうしようではないか」

「だから、うざったいから離れて」

摂政がにこにこと笑いながらまた狛を抱きしめている。狛は嫌そうな顔をしながらもなされるがままになっていた。

いったいなぜ摂政はこれほどまでにも狛を溺愛しているのか。

わたしはいささか不思議に思う。わたしも子を愛する貴族の話はよく聞いたことがあるが、それでも貴族にとって子とは政争の駒であり、跡継ぎである。

これほどまでに入れこむことはないはずであった。


美しい庭の池に、三日月がうかんでいる。長い冬も終わりがやってきて、梅の木がほんのかすかに花をほころばせていた。

いまだ道に迷うほどの大きさの夷勢穂の家にて、わたしはだらだらと時を無駄にしている。

そろそろ十日がたつのだろうか、わたしはこんなに長く夷勢穂にお世話になるつもりはなかった。梟の狛を助けた褒美とやらを断ってすぐさま去るつもりだったのだ。

だが、梟はそのたびにわたしを言いくるめてしまうのである。

さすがは摂政。人の心を言葉にて動かすことなどお手のものといわんばかりに、わたしが旅の話をしようとするとごまかしてしまう。

おかげでわたしはいまだこの家を去ることができていなかった。

どうして梟がわたしをそんなにとどまらせようとするのかがまったくわからない。褒美をさっさとくれてしまって、旅でもどこでもいかせたほうが楽だろうに。

わたしが気になっていることはそれだけではない。

家のはずれ、まるで隠されるかのように奥におかれたちいさな離れに目をやる。夜になるとかならず狛はあの離れへむかう。

そして、しばらくするととんでもないほどの妖がその離れを襲っているのだ。

わたしとて夷勢穂の家の者に離れについて聞いてみたものの、どうもそばによってはいけないと口にされるだけでなにがあるのかは教えてくれない。

朝になって離れから帰ってくる狛の身には数えきれないほどの傷がついていて、ただみているだけのわたしとしては痛ましいにもほどがあった。

「客人よ、そんなところにいらっしゃったのか。そろそろ夜になりますゆえ、夕餉《ゆうげ》をともにしましょうぞ」

「梟さま、わたしはもうこの屋敷を去らねばなりません。わたしのような卑しい身にも歩まねばならぬ道がございます」

にこやかに語りかけてくる梟の誘いをわたしは断った。

とにもかくにも、このまま時をいたずらにするわけにはいかない。わたしは剣の道を歩みたいのだ。たとえそれが摂政の気を害するとしても、だ。

もうこの家にとどまるわけにはいかない。

梟の表情が曇ったのを目にして、わたしは腰の刀に手をかける。もしも許されぬというのならば、力ずくでも去らせていただくつもりであった。

「その道とは、剣の道のことでございますかな」

「ええ」

梟はしばし頭を悩ますように顔をしかめる。そして、ゆっくりと離れのほうに指をさした。

「お話したいことがある。旅にでられるかどうかはその後にまた考えてはくださらんか、もうとめはせぬから」

「……いいでしょう。短くお願いいたします」

わたしは、梟が離れに指をさしたことが気になってしまった。

はたしてこの夷勢穂の家が隠していることとはなんなのだろう。それは陰陽師やあの弟子たちが口にしていたまつろわぬ神についてなのだろうか。

厳かに梟が口を開く。語りだすは、夷勢穂という一族の祖のなした大罪についてであった。

第5章　剣の修羅、屋敷にて

ここに帝《みかど》が京をひらくよりもはるか昔のこと、今の京があるこの地は湖と川とが輝く美しい地であったという。人はほんのわずかな田を耕し、森とともに暮らしていた。

王のいないその地でははるか昔より暮らしてきたいくつかの豪族が君臨する。夷勢穂《いせほ》もまたそのうちのひとつであり、そんな豪族たちは東にて勃興せし帝のことなど聞いたこともなかった。

しかし、そのような地に皇祖が軍勢をひきいて降《くだ》ってきた。

この国の神話というのは、かつての世のものとさほど違ったものではない。日の女神の子孫が天から降り、この地を軍をもって征して治める。

この時、この地の豪族というのは滅ぼされるか、それとも従うかのどちらかを考えなければならなかった。

ほとんどの豪族は激して、戦おうとした。

それもそうで、東からやってきたよそ者に先祖より継いできた地を譲り渡すなど、頷《うなず》ける者はそうそういない。この豊かな地に育まれた豪族たちはそれなりの武を誇るのだ。

だが、夷勢穂の祖には違ったものがみえていた。

東からやってきた帝の一族は、そこまでの地をあまねく統べている。いくらこの地が豊かといえど、その強大なる軍にいつまでも勝つことはできない。

やがては帝に飲みこまれ、滅ぼされる時がくるであろう。

夷勢穂の祖はほかの豪族とともに滅びを待つつもりなどかけらもなかった。なんとかして帝の一族に降り、そのなかでも強い権勢をえられないか。

夷勢穂の祖は一計を案じた。

いつもはたがいに争っている豪族たちであるが、祀《まつ》る神はひとつである。山の奥の大社における祭りの時だけは誰もが争いをやめてしまうことになっていた。

夷勢穂の祖は、こう豪族たちに語りかけた。

たがいに争うのはやめにして、われらが神をもとにまとまって皇祖と戦おうではないか。そうでもなければ勝てる戦いも勝てない、と。

その地の豪族でもっとも強いのは夷勢穂の一族であったため、豪族たちは疑いもせずに頷いた。神の社にて集まった豪族たちは宴《うたげ》を開く。

そして、神のもとで夷勢穂の祖は口にするのもおぞましいような大罪を犯した。

その晩、夷勢穂一族は豪族の首をひとつ残らず斬り飛ばしたのだ。長《おさ》もその子も、集まったほかの豪族の誰もかれもを殺した。

さらに、殺したのは豪族だけではない。

誰も手をだしてはならぬはずの尊い神官、巫女《みこ》。争いを諌《いさ》めるはずの者たちもまた、殺してまわった。神の社を、どす黒い血で汚したのだ。

長を失ったほかの豪族たちは夷勢穂の手によってすべて滅ぼされ、その功をもって夷勢穂の祖は皇祖の信をになう。

夷勢穂は神を穢《けが》し、ほかの豪族の首を捧《ささ》げてまで、己の権勢の欲を満たしたのだ。

帝の西征に貢献したとして褒美を賜った夷勢穂の祖は、そのまま帝の臣としてさらなる政争にはげんだ。

やがて隆盛した夷勢穂は、かつては朝敵であったのにもかかわらず、今や摂政や関白の座を占めるもっとも権威のある貴族となる。まさに夷勢穂の祖が願ったとおりであった。

だが、そんなことを踏みつけられて殺された亡霊たちは許しはしなかった。

この地に眠るかつての豪族たちは死してなおひたすらに夷勢穂を憎んだ。一族は呪いが降りかかるほどに、怨《うら》まれたのだ。

「夷勢穂の子は、親がもっとも愛するひとりに呪いがふりかかる。その子は夜な夜な群がる妖《あやかし》どもに襲われ、なぶられ続けるのだ」

なるほど、いつも遠くから感じたあの妖気は呪いによるものであったのか。わたしはそれまでの狛《はく》や梟《きょう》の言葉が腹に落ちるのがわかった。

夷勢穂の呪われた子とはつまり狛のことなのだ。妖が屋敷によってこないよう、狛は晩になると離れに閉じこもるのだ。

「わしは手をつくしてありとあらゆる高名な陰陽師《おんみょうじ》に呪いを解くよう、それが叶《かな》わぬというのなら、せめても妖を追いはらうようお願いした」

梟がギリリと歯を食いしばる。

わたしは、あの門で殺しあった陰陽師のことを思いやった。

思えば、農夫の生まれであるあの陰陽師が、いくら腕があったとはいえ摂政に雇われるなどありえないことである。わざわざそのような卑しい者を雇わずともよい貴人のはずなのだから。

つまりは、梟はあんなあやしげな陰陽師にも頼らなければならなかったのだろう。

「ですが、どいつもこいつも能無しばかり。あんな数の妖などどうしようもないと逃げだしてしまう」

梟が、ゆっくりとその頭をわたしにさげた。

あまりのことにわたしは驚いて声も紡げなくなってしまう。摂政たる梟が、こんなどこの馬の骨とも知れぬ童にへりくだるなどあってはならないことのはずだ。

「客人、どうかあの妖どもと戦ってはくれぬか。わしの娘を苦しみから救ってはくれぬか」

梟の悲痛な叫びが庭に響く。

もはや梟は、帝の影にて絶大なる権威を誇る摂政だとか、京にて栄華を極める夷勢穂の長だとかではなかった。そこにいたのは、娘を思うひとりの親であった。

梟の嘆きを耳にしては、いかな者とてほんのすこしは情けを覚えるのだろう。その娘を思う愛に胸をうたれ、涙をこぼす者もいるやもしれない。

だが、そんな憐《あわ》れな梟を目にしても、わたしの心はただひたすらに喜ぶことしかできなかった。

考えてしまうのだ、その恐ろしい呪いがどれほどわたしにとってありがたいかを。

なんとわたしは愚かで情がないのだろうか。だが、わたしはたしかにこの悲劇を幸運だと嬉《うれ》しがっていた。

狛は妖をひきつけるという不思議な呪いにかかっているらしい。そしてそんな狛にはあの摂政がかき集めた優れた陰陽師ですら逃げてしまうほどの数の妖が集まるとか。

それこそ、わたしにとって願ってもないことである。

それほどの数の妖が、晩のたびに襲いかかってくる。梟はそんな妖どもをあろうことかわたしひとりだけで殺しあってよいと口にしてくれているのだ。

わたしは歓喜に震えた。やはり、わたしは愚かな剣の修羅らしい。人の不幸を喜んでしまうような者なのだから。

だが、わたしはどうしても夷勢穂の祖の邪悪に謝してしまわざるをえなかった。おかげで妖と殺しあいをできるのだ、と。


「あなた、いったいなんのつもり?」

狛がわたしのことを不機嫌そうににらんでくる。だが、わたしはにこにこと笑みを崩すことはなかった。狛などよりも妖に興味があるからこそである。

梟から呪いの話を聞いたあくる晩のこと。わたしは妖と戦える喜びに顔をほころばせながら、狛を襲いにくるという妖を待っていた。

そんなわたしに、どうしてか狛が声をかけてきたというわけである。わたしは狛がすぐにでも寝てくれないかと望んでいた。

妖とはやく殺しあいをしたい、ただそれだけがわたしの願いである。

もちろん摂政の娘を守るために雇われたということになっているので、そのふりはする。いくらなんでも『妖さえ殺せれば金はいらない』などと言えば、疑われてしまうだろう。

「殺してしまったあの陰陽師にかわって、この晩よりわたしが狛さまをお守りいたします。狛さまにおかれましては、安らかにお眠りいただくがよろしいかと」

「なに、わたしが摂政の娘って知ったから媚《こ》びでも売りにきたの」

狛はじとっとこちらを疑うようにみつめてくる。

こんな童が優れた陰陽師でも倒すことのできない妖を殺すなどと口にしても、信じられるはずもないのはわたしもわかっている。ともかく、狛の疑いはまったく違っていたので、正しておくことにした。

「いいえ、そんなことはございません。わたしはただ高貴な姫が妖に苦しめられるのに目を閉ざすことができぬだけでございます」

あとは、口にはしないが妖と血みどろの殺しあいがしたい。

にこにこと笑みを深めるわたしに狛が眉をひそめる。だが、すぐに興味をなくしたのか離れの戸を開いた。

「なんでもいいけれど、今のうちに逃げたほうがよいわよ。わたしを襲う妖の恐ろしさを知らないから強がれるだけ。すぐに怯《おび》えて口もきけなくなるわ」

そう言い残して狛は戸をばたんと閉じてしまう。こうしてあたりは闇と静けさだけになってしまった。

さて、どのような妖が現れるというのか。はしたなくて恥ずかしいのだが、夜だというのに興奮してしまってすこしも眠くない。

しばらく刀をかかえて妖を待っていると、どんよりと濁った風が頬をなでた。

わたしは静かに剣に手をかける。庭の暗がり、草木の陰からうぞうぞとこの世ならざる妖が蠢《うごめ》いているのをわたしは感じていた。

やがて、無数のムカデがかちゃかちゃと顎を鳴らしながら忍びよってくる。

蟲《むし》が苦手な者が目にしたら悲鳴をあげて気を失ってしまうだろう、それほどに大きなムカデであった。妖だからそれはそうだと言われればそれまでではあるが。

人の胴ほどもありそうな大きな顎に、絶えず蠢いている細い無数の脚。なによりも驚くべきはその数であろうか。

ぱっと目にするだけでも千はくだらない、いや万をゆくか。

なるほど、これでは陰陽師たちが匙《さじ》をなげたのも頷けるというものだ。わたしはこれほどの敵と会わせてくれた夷勢穂の呪いのすばらしさをひしひしと感じた。

これほどの妖など三晩京を駆けずりまわってもみつけられるかといったほどの数である。呪いがなければこんな殺しあいなどできるはずもなかった。

すぐに飛びかかってきたせっかちなムカデどもをすべて斬ってしまう。気味の悪い毒の液を飛び散らしながらムカデの屍《しかばね》が転がった。

だが、そんな風にいくつか殺したところで妖はまだまだ残っている。むしろ減ったどころか増えていく妖に、わたしは思わず声をもらした。

「あ、あああ……」

その無限とも思える妖たちに、わたしは絶望するでもなくただひたすらに歓喜する。これほどの数の妖を殺してまわってよいのだ。剣の者で喜ばぬ者がいるだろうか。

思えば老人のもとで剣技を学んでから、たった七人しか斬っていない。京の家を飛びだした時から数えても鯉《こい》の妖が増えるだけだ。まったくたりない、こんなもので満ちたりるわけがない。

わたしはどうやら己が思っていたよりも血に飢えていたらしかった。

「試し斬りには望むべくもない。それでは、わが剣とそちらの数、どちらが先に終わるかをみてみましょう。いざ勝負としゃれこもうではないですか」

その身を黒に光らせて飛びかかってくるムカデの波に、わたしは赤く頬を染めた。


「ひっ、なにこれ……。なにがあったの」

気を失っていたらしいわたしは、わけがわからないとばかりに震えている狛の声に瞳を開いた。すぐに積み重なるムカデの亡骸《なきがら》の山と唇を震わせている狛を目にする。

もしかして、狛は虫が嫌いだったのだろうか、ならば悪いことをした。

「そういえば、あの人はいったいどこに……。な、な」

狛が瞳をゆらしながらわたしをみつめている。ゆっくりと起きあがったわたしは、いつのまにか清々《すがすが》しい朝日がとっくに顔をだしていることに気がついた。

時を忘れるほどに殺しあいをしていたが、もう朝なのか。

ほんのすこし悲しい思いになる。楽しいことにも終わりはあるものだ。わたしは己のうえにのしかかったまま絶命しているムカデの死骸を退《ど》けた。

殺しあいの果てである妖の屍を目にして、胸が満たされていくのを味わう。

心ゆくまで剣をふるうことができる、実によい殺しあいであった。

なにしろムカデたちは斬っても斬ってもどんどんと増えていくのである。わたしはずっと己の剣を試し続けられた。

蔵で読んだきりで、これまでの戦いでは眠ったままの技というのは数えきれないほどある。やはり技というのは殺しあいのなかで磨かなければならないのだ。

ゆえに、わたしはムカデとの戦いが楽しくて楽しくてしかたがなかった。

剣をふるうたびに、わたしはわたしが剣の道を踏みしめているのを感じる。殺しあいのなかで、蔵で学んだ先人の剣が身に染みついていくのを感じる。

それはわたしにとってかえがたい幸福であった。

その幸せな余韻に浸りながら、わたしは狛のそばまでよろよろと歩みよっていく。狛は、そんなわたしを言葉も口にすることができずにみつめていた。

「狛さま、言葉通り妖からひと晩お守りいたしました。これからもよろしくお願いいたします」

「そ、その傷……」

顔を青ざめさせた狛が震える指でわたしをさす。初めわたしは、なにが狛をそんなにうろたえさせているのか理解できなかったが、ようやくわかった。

「ああ、この血ですか。なに、ただのかすり傷です」

ダラダラと血を流すわたしの腕の傷のことを狛は気にしているのだ。だが、そんな傷などムカデとの戦いの喜びとくらべればどうでもよいものである。

ぎゅっと布を巻きつけると、血が飛び散った。ちいさく狛は悲鳴をあげる。

む、よく考えてみればこんな血みどろの姿を貴人の姫君にみせるのはよろしくなかったのかもしれない。あきらかに怯えている狛をみてわたしは気がつく。

「では、また晩にお会いしましょう」

なので、わたしは離れたところに転がる刀を手にして狛のもとを去ろうとした。

もちろん、狛を怖がらせないようほかにもすべきことがある。この妖との勝負でいくつか己の未熟に気がついたのだ、すぐに修練を積んでその甘えを潰さなくては。

だが、歩こうと踏みだしたわたしの足はもつれて言うことを聞かなかった。

「あっ」

狛の悲痛な叫びを耳にしたような気がするも、わたしは足に力が入らないままに地べたに倒れてしまった。どうやらわたしは思っていたより無理を重ねていたようだ。

白くなった顔の狛が駆けよってくるも、わたしは眠気に勝てずに瞳を閉じた。


「なぜいるの。あなたはわたしを守ろうとして散々な目にあったばかりでしょう」

「また晩にお会いしましょうとお伝えしたはずですが」

その日の黄昏《たそがれ》、いつものように離れにやってきた狛がわたしの姿を目にしてぽかんとした顔をする。なにを驚いているのだろうとわたしは首をかしげる。

「まだ傷が治りきっていないから、安静にしているよう薬師《くすし》にも言われたでしょう、そんな布をあちこちに巻いた体で妖と戦うことなんて無茶よ」

狛の言葉でわたしはようやくわかった。わたしが傷だらけでろくに動けないようにみえるから、きちんと剣が振れるか気がかりなのだろう。

だが、そんな狛の考えはわたしからしてみれば考えすぎでしかなかった。

「なるほど、ですがお断りいたします。わたしは死んでも狛さまをお守りするつもりでありますから」

より詳しくは、呪いに魅《ひ》かれてやってきた妖と戦えるなんてすばらしい時を逃すわけにはいかないということである。

もちろん、狛が気になるのもわかる。

わたしはこの身のあちこちに傷を負っているし、折れた骨もいくつかある。だが、戦いにおいては傷や技の未熟さなどはどうでもよかった。

求められるのは戦おうという思い、その強さだけである。

それさえあれば、わたしは妖との数えきれない勝負など胸を躍らせていつまでも戦うことができるのだ。

妖がひと晩ずっとひっきりなしに襲いかかってくるなどという幸運を、逃すわけがない。わたしは狛のそばから意地でも去るつもりはなかった。

「狛さまがなんと言おうともわたしはここで剣をふります。それがわたしの心からの願いなのですから」

「な、なにを……」

狛が口をぽかんと開けてわたしをみつめている。その瞳は心の奥で荒れすさぶ情を隠しきれていなかった。

だが、しばらくして我にかえったように歯を食いしばった狛がわたしをにらむ。

「ひと晩は生きのびた陰陽師など指で数えられぬほどいたわ。好きにすればいいけれど、どうせあなたもわたしを忌む時がやってくる」

わたしのことが気に障ったらしい狛はまた冷たく戸を閉じる。

なぜあんなに腹をたてているのかわたしにはわからぬが、ともかく妖を斬ることは許されたようでよかった。わたしはほっと胸をなでおろした。

雲が月の光をさえぎって、あたりが暗くなる。この宵も妖が這《は》いでてきた。

先の晩はムカデであったが、この晩は蜘蛛《くも》である。なんとまあ、魔京では物の怪《もののけ》には困らないようだ。

まったくありがたい話である。わたしは笑みを深めた。

「これはこれはわざわざご足労いただき誠にありがとうございます。その労に報いて、いざ勝負をお願いいいたしましょう」

蜘蛛の妖はムカデと違って考えもなしに襲いかかってくることはなかった。はりめぐらせた糸をたくみに伝ってあちらこちらからわたしを喰《く》らおうとしては逃げるのだ。

そのすばやい動きにわたしは舌を巻く。

腹に蜘蛛の卵を植えつけられかけるほどに追いつめられたわたしであったが、蜘蛛が頼りにしていた糸をすべて斬ってしまうことで、なんとかしのぐことができた。

朝日が昇るまでずっと蜘蛛ととっくみあって戦う。

あばら骨をいくつか折られて内臓に傷をつけられたが、かわりにわたしは蜘蛛をみな殺しにしてなんとか勝った。

朝、倒れるように目を閉じるとすぐに夜が訪れ、そして夜がくれば妖と戦う。

蔵の剣を学んでいた時にひしても満ちたりた日々は、まるで嵐のようにすぎ去っていった。

ある晩は蚊の嵐に襲われた。満月の光をも閉ざしてあたりを暗黒にそめるその数の暴虐に苦しめられたわたしは、すこしずつ地にたたきつけて潰さなければならなかった。

そのあいだも蚊はわたしに襲いかかってくる。だが、肌を毒に侵されながらもわたしはその最後の群れまで殺しつくして勝った。

そのあくる晩に襲ってきたのはひときわ大きなカマキリである。庭の岩すらもたやすく斬り裂く鎌は、まるで鞭《むち》のようにしなってわたしを惑わせた。

が、胸を斬られながらもわたしはカマキリの胴を裂く。さし違えるように傷を負いながらも、わたしはなんとかその夜も勝ちをおさめた。

毎晩のように襲いくる妖と殺しあう。そのありとあらゆる妖にあわせてわたしもこれまで学んだ技を磨いてゆき、血肉としていく。

妖との勝負をへるごとにわたしはより深く剣の道に沈んでいった。昼に技を修練し夜にそれを試す、そうして日のすべてをかけて剣技に没頭する。

妖との戦いが百を数えるころには、もう妖に傷をつけられることはなくなった。妖を殺しつくす時もどんどんと短くなっていく。

やがて、わたしは群がる妖を瞬きのうちに殺せるようになったのであった。

夜に妖になぶられることがなくなった狛は傷をつけられることもなくなったからか、儚《はかな》げで白かったその頬にも赤みがさすようになっていた。

昼はずっと寝たきりになっていたのが、時に庭を歩いたり、あるいは駆けているのを目にするようになる。そんな狛をみて夷勢穂の者は大喜びをしていた。

ずっと暗く沈んでいた屋敷が、わたしがきてからにわかに騒がしくなる。それは好ましいことに違いはなかった。

ただ、ひとつだけ気になることがある。

もう妖に襲われることはないというのに、狛はずっと世を儚んでばかりいるのだ。庭の草木と戯れていてもふと気がつけばどこか虚《うつ》ろな瞳をしている。

そのことだけが、わたしはずっと心につっかえていた。

「どうしましたか、狛さま」

ある日、庭のはしで静かに刀を握っていると、狛がそんなわたしをじっとみつめていることに気がつく。

狛がわたしに興味をもつことなどなかったので、わたしは驚いてしまった。咲き誇っている梅の花をなでながら、狛がうすく笑う。

「いえ、謝りたいことがあって。わたしを妖から守ってくれることになった初めにどうせ逃げだすと嘲ったこと、悪く思っているわ」

「そんな、こちらはただ剣をふるっただけであります。礼を言われるのであれば摂政さまにおっしゃるのがよろしいかと。喜ばれると思いますよ」

わたしが摂政のことを口にすると、なぜか狛の顔はしかめられた。

「お父さまのことはどうでもいいじゃない、どうせあの人もなにもしてくれないのだから。わたしはあなたにお礼を言いたいの」

冷たい声で梟のことをけなす。

親子のことにわたしが口をはさむのも違うのかもしれないが、狛はどうも父である梟のことを嫌っているように思えた。

そんなわたしの目に気がついたのか、狛はつまらなそうに口を開く。

「べつにお父さまのせいじゃないことぐらいわかってる、でもわたしにしてみればあの人もほかとかわらないの。ああでも、ひとつだけ恨んでいることもあるわね」

「それは、いったいなんですか」

「生まれてこなかったほうがまだましだったから」

それは、なんという。

わたしはここに梟がいないことをこれほどありがたく思ったことはなかった。己の愛する娘に、このように言われて悲しまない親などいないのだ。

それに、やはりわたしは狛の言葉が気にかかった。わたしがいて襲ってくる妖を殺しているかぎり、狛はもう苦しむことはない、そのはずだ。

というのに、狛の世を儚むような考えはそのまま、むしろ深くなっている。わたしはそのわけがどうしてもわからなかった。

「いいではないですか、これから生を楽しめばよいのです」

「ああ、そうね。そうさせてもらうわ」

わたしの励ましの言葉も、狛には耳をすりぬけていってしまうようだった。

狛が梅の花びらをひとつずつちぎって池に落としていく。水にうかんだその赤い花びらは波にさらわれてどんどんと沈んでいった。

「ひとつ、お願いしていいかしら」

「はい、なんなりとお申しつけください」

狛がわたしに顔をむけて、静かに問うてくる。なにを頼まれるのか、わたしは心のなかでびくびくしていた。

「わたしが死んだ後に、お父さまが後を追って死なないよう気をつけてくださる?」

どういうことなのだろう、わたしの頭は疑問でいっぱいだった。

なぜ、これほどまでに狛は己が死ぬのだと考えてやまないのだろうか。なにが狛にそうなにもかも諦めさせているのだろうか。

いくら考えてもわからない。

「それで、お願いしてもよろしいかしら」

「はい、おまかせください」

狛にふたたび問いかけられると、わたしはそう頷くことしかできなかった。

そんなわたしをみて、狛はまるで心残りがなくなったとばかりに胸をなでおろしている。わたしに声をかけてから、狛はまたふらふらと歩いて去っていった。

「ありがとう。ここ数か月ほどはほんとうに楽しかった。ほんのちょっぴり幸せになれた気がするの」


日を重ねるごとに、梟の狛への溺愛ぶりは深まるばかりであった。

氷を湯水のようにつかって、海からさまざまな魚をとりよせたり。あるいは庭で大きな宴を開いたり、ある時にはそれだけで屋敷が建つほどの真珠の首飾りを贈ったり。

妖の苦しみから逃れられた狛を祝うというよりは、それはどこか恐ろしい妖かなにかに追いたてられているかのようであった。

それはわたしについても言えることである。わたしがもし旅にでてしまったらと恐れるようになって、梟はあの手この手でわたしを家に縛りつけようとしてきた。

「これはこれは客人、いつもお世話になっております。ほんのささやかな礼といってはなんですが、山海の珍味を集めましたので遠慮なさらずめしあがりくだされ」

ある時、帝でも口にできないのではないかと思えるほどの豪勢な夕餉《ゆうげ》に誘われたことがあった。わたしはその飯を目にして、思わず後ずさってしまう。

上機嫌な梟が口にしたとおり、膳の上には山鳥の肉から海で獲《と》れた魚の炙《あぶ》りものまでご馳走《ちそう》がならんでいたのだ。いくらなんでもとわたしは縮こまってしまった。

「いえいえ、梟さまにこれほどもてなされるようなことはしておりませんよ。狛さまをお守りしているのもわたしの欲ゆえ、褒美などいりません」

わたしが膳をそうっと遠ざけようとすると、とたんに梟の顔が青くなった。

わなわなと唇を震わすといきなりわたしにしがみついて頭をさげてくる。いつもは冷酷な目つきの梟のあまりにもの振る舞いにわたしは腰をぬかしそうであった。

「なにです、なにが不満なのです。まさか狛を残して旅にでようなどと考えてはおらぬでしょうな、なにが欲しいかおっしゃってください」

摂政がこうまでして願ってくるのを断ることがわたしにできるはずもない。しぶしぶとご馳走に口をつけるのを目にして、ようやく梟はぎこちない笑みをうかべるといった風であった。

「なにをおっしゃる！　今まで数知れぬ陰陽師が諦めてしまったわが娘を、苦しみから救ってくださったのはほかならぬ客人。ならば礼を尽くしてなにが悪いのか」

わけを聞くときまって梟はそんな風に口にする。だが、その瞳の奥でもっとも恐れているのは、わたしが去ろうとすることなのははっきりとしていた。


そんな、どこかぎこちない夷勢穂での暮らしがしばらく続いて、春も終わりにさしかかったころのことであった。

もうあれほど庭に積もっていた雪は消えてしまっている。桜は儚くもせっかちに散りはじめて、わたしはもう四か月ほども夷勢穂にお世話になっていることに気がついた。

その日は、朝からなにかがおかしかった。

梟はずっと狛の手を握っては泣き続けている。家の者たちもどこか悲しげで、だというのにわけを聞いてもなにも教えてくれなかった。

それどころかどう考えてもわけのわからない頼みごとで家を追いだされてしまう。

もちろん宿を貸してもらっているわたしとしては断れないもので、首をかしげながらも市まで魚を買いにいかざるをえなかった。

昼すぎに帰ってくる時に、花飾りのされた牛車《ぎっしゃ》とすれ違う。

夷勢穂の紋が描かれたあの牛車には誰が乗っていて、どこにむかっているのだろう。わたしは不思議に思った。

魚を手で握ったままのわたしはあの女の陰陽師が守っている門にさしかかる。頭をさげて門をくぐろうとしたわたしを、なぜか女の陰陽師は腕をつかんでとめた。

どうしたというのだろう、わたしはじっと女の陰陽師をみつめる。

しばらく思いつめたように悩んでいた女の陰陽師はまわりに目をやると、そのまま手をひいて庭の木の陰までわたしをつれてきた。

「すみません、お話したいことがございます」

「それは、この日にみなが悲しみ嘆いているわけについてですか」

話があるという女の陰陽師に、わたしはふと気になっていたことを聞いてみる。顔を青ざめさせながらも女の陰陽師は頷いた。

「ええ、そのことについてでございます。家の者は客人さまには黙っておくよう摂政さまに言いつけられておりますから、誰にも教えてもらわなかったと思います」

「いいのですか？　その、また摂政さまのお気を損ねてしまえば……」

「わかっています。ですが、あの時にわたしのために声をあげていただいた客人さまには恩がございます」

女の陰陽師がばさりと呪の書かれた布きれをわたしたちにかぶせてしまう。恐らくは話を誰にも聞かれぬような呪がかけられているのだろう。

しばらくして震えながらも、女の陰陽師は話しだした。

「まつろわぬ神というものについて、どれほど知っていらっしゃいますか」

まつろわぬ神。

これまでずっと聞いてきた言葉であった。弟子たちの口から、陰陽師の口から、京を滅ぼす祟《たた》りを起こすことのできるなにかなのだと、ずっと聞かされてきた。

「まつろわぬ神がなんなのか、知っていらっしゃるのですか」

女の陰陽師が、わたしの問いかけに頷く。わたしはもはや女の陰陽師の話を聞かないということはできなかった。


梟がわたしに語った夷勢穂にかけられた呪い。

実は、その話には続きがある。夷勢穂の子にかけられるその呪いは、妖が夜ごとに襲ってくることが恐ろしいのではない。夷勢穂の呪いを呪いたらしめるのは、ある歳《とし》になったその子はなにがあろうとも絶命するということであった。

かつて夷勢穂の祖が社にて、宴に現れた豪族や神官、巫女を惨《むご》たらしく殺した時、怒り狂ったのはなにも人だけではない。

慈しんでいた人の子を殺された神の怒りはあまりにも深かった。

もはや神にとっては東より攻めてきたという帝の一族すらもどうでもよかった。己を神と崇《あが》めながら己に背いた憎むべき、夷勢穂の一族。それがひたすらに憎かった。

いかにして夷勢穂の者を苦しめることができるか、荒ぶる神は大いなる呪いをかけることにする。

その呪いは、己を信じる者がみな殺され、社が朽ち果ててもなお弱まることはない、むしろどんどんと強まっていった。

祀られることのなくなった神たるまつろわぬ神の怒りは妖で夷勢穂を苦しめるだけでは満たされるはずもない。

己のもっとも愛する者を奪われた神は夷勢穂からももっとも愛される子を奪うことにしたのだ。

夷勢穂の呪われた子の最期は無残なものである。齢《よわい》が十三を数えた晩にまつろわぬ神がやってきて、その手で惨たらしく殺してしまうのだ。

これまで夷勢穂の者たちはなんとしてでも子を生かそうと心を砕いた。子を養子にだしたり、あるいは陰陽師を雇って守らせたり。

だが、すべては無駄だった。

ある時など、夷勢穂の娘に惚《ほ》れた帝が軍を動かしたことすらある。だが、まつろわぬ神はその怨みを晴らすのをさまたげる者の命など気にしなかった。

その時、帝にかくまわれた娘へとむかうまつろわぬ神は、右京を虫の群れにて襲い滅ぼした。その晩には帝ともども娘は殺されたという。

ただでさえ水害に苦しめられていた右京はまつろわぬ神の暴虐で終わった。

「それから、呪いにかけられた夷勢穂の娘は十三になるとまつろわぬ神のもとまで捧げられることとなりました」

つまりは、生贄《いけにえ》である。帝や貴族たちは夷勢穂の娘をあらかじめまつろわぬ神に捧げることで京を守ろうとしたのだ。

「このころから、もともとあった夷勢穂の権勢はさらに強まるようになりました。なにしろ、うまくすれば子は京を滅ぼすほどの祟りを起こすことができるのですから」

下手に手をだしてしまえば、呪いで一族ごと殺されてしまうかもしれない。

夷勢穂の一族を滅ぼしてしまえば、怒りで荒ぶるまつろわぬ神が滅んだことにすら気がつかずに、呪われた子をさがして暴れ続けることすらありえると考えられた。

それは、まつろわぬ神が思ってもみなかったことだろう。まさか苦しめるためにかけたはずの呪いがかえって夷勢穂の隆盛を興すことになるとは。

そう話を聞いていたわたしは、ふと気がつくことがあった。

そういえば、帰ってくる時に花飾りの牛車とすれ違わなかったか。わたしはなぜ女の陰陽師がこんな話をしたのかを考えて、ぱっと顔をあげた。

「もしかすると、狛さまは……」

「ええ、かつてのまつろわぬ神の社に牛車でむかってゆきました。朝には誰も乗っていない牛車が帰ってくるでしょう」

わたしはすぐに空に目をやった。

すでに日は西へと傾き、東の空が赤みがかっている。女の陰陽師の話が正しいのだとすれば、狛が捧げられる日暮れまでもう時がない。

「社がどこにあるかは知っていますか」

「摂政さまはそこまでは教えてくださいませんでした。なんでも夷勢穂の一族の秘であるとか」

つまりは、この家で社について知っているのは梟だけということである。

なんとしてでも、梟から社がどこにあるかを聞きださなければ。わたしは焦りに駆られて梟を目で探した。

なんとしてでも狛のもとにいかなければならない。

義として狛が殺されるのをみていられないというのもある。わたしは妖から狛を守ると語った、たとえその妖がまつろわぬ神となったところでわたしは狛を守らなければならないだろう。

だが、ほんとうに狛を助けたいわけというのはそれではなかった。

わたしはわたしに嘘《うそ》をつくことはできない。わたしは、愚かにも神と、人など歯牙にもかけない絶大なる強者と殺しあいたいのだ。

まつろわぬ神。それは、天を動かし地を震わす、人智《じんち》のおよばぬ者たち。

その力を恐れた帝によって、なにもかもを消し去られた古《いにしえ》の神々。はるか太古の神代には国造りすらなしたその者たちは、人には考えつくことすらできない業をなす。

そんな神々が強者でないというのならば、ほかの誰が強者であるというのだろう。そして、まつろわぬ神が強者というのならば、わたしが戦わぬわけなどなかった。

どれほど人の情をわかっているふりをしても、わたしはとどのつまり剣の修羅でしかないようである。わたしは心からまつろわぬ神との殺しあいを願っていた。

「ありがとうございました、わたしはこれから狛さまのもとにまいりたいと思います」

「摂政さまは庭のほうにいらっしゃいます。……武運を祈っております」

わたしは深々と頭をさげる女の陰陽師に目をくれることもなく、駆けだした。


「摂政さま、お聞きしたいことがございます」

しだいに暗くなっていく花の咲き乱れる池のほとり、そこに梟はじっとたたずんでいた。駆けよったわたしが声をかけると、ゆっくりとこちらに顔をむける。

「なんだ、社がどこにあるかでも聞きにきたのか」

なぜそれを、とわたしは驚きでまじまじと梟をみつめる。梟は深くため息をつくとまたわたしに背をむけた。

「あまり顔にだしてはいかんぞ。貴族はたがいに嘘をついて蹴落とすことしか考えておらぬ魑《ち》魅《み》魍《もう》魎《りょう》ばかり、それでは京で生きてはいけぬ」

梟にかまをかけられたことに気がついたわたしは己の未熟を恥じた。さすがはあの夷勢穂というべきか、わたしの弱いところをよく知っている。

「どうせあの女の陰陽師にでも聞いたのだろう。やはり客人の言葉に耳を傾けずに、あそこで追いはらってしまえばよかった」

いきなり話の腰をおられたのはともかく、なんとかして社がどこにあるかを聞きださなければならない。わたしは煽《あお》るように梟に声をかけた。

「たしかに、わたしは愚かで京では生きていけないのかもしれませんが、むざむざ娘が殺されてゆくのに目を閉ざすよりはよいでしょう」

ぴくりと梟の肩が震える。

うまくいっているようだ、わたしはそのまま続けて梟の怒りを誘う。

「そんなことができるとは、摂政さまはまさか狛さまを愛していらっしゃらなかったのですか。狛さまも憐れですね、実の親にすら憎まれていたとは……」

「黙れ、そんなわけがなかろう」

歯を食いしばって、梟がわたしに顔をむける。その瞳には気に障ることばかりを口にするわたしへの煮えたぎる憎悪があった。

だが、そんな憎しみを気にかけるわたしではない。摂政たる梟を怒らせてしまったのだ、もうなにも怖いものはなかった。

わたしはそんな梟をにらみつける。

「言葉ではなんとでも言えるもの、信じられるとでもお思いですか」

「黙れ、狛の母は謀略ばかりしか頭になかった、人を駒としか思えなかったわしに人の温《ぬく》もりを教えてくれた女だ。そんな女の娘を愛さぬわけがないだろう」

梟が、心からの叫びをあげる。

そうだろう、だからわたしに社がどこにあるかを教えてくれ。

京で夷勢穂についていい話を聞くことはあまりない。政争にばかりあけくれ、敵を蹴落として出世を重ねる夷勢穂の一族をよく思う者はほとんどいなかった。

だが、それでもともに暮らしているわたしの考えは違う。

梟はたしかに噂《うわさ》どおり人に情をもつような男ではない。貴人が訪れることもあったが、そのたびに人を貶《おとし》めることばかりを話していた。

だが、それでも梟が狛にむける愛だけは嘘ではない、嘘ではないのだ。

あの日、娘のためにどこの馬の骨とも知れぬ童に頭をさげてすがった梟が、狛のことをどうでもよいと考えているはずがない。狛にむけるその慈しみに満ちた笑顔はたしかにあったのだ。

「客人に……己の愛する女が、呪いを宿した娘のせいで、生きながらに喰い殺されたこんな男の思いがわかってたまるか！」

梟が吠《ほ》える。それは、まるで傷を負った獣の鳴き声のようであった。

「なにが陰陽師だ、誰もかれもわしの娘を救うことすらできん！　荒神の祟りを恐れて陰陽師には断られるばかりだった！」

しだいに涙声になった梟がうずくまる。土でその美しい狩衣《かりぎぬ》が汚れるのもいとわずに、ただひたすらに嘆いた。

「わしは、わしは愛する娘が妖に夜がな苦しめられているのに、なにもできぬ愚か者なのだ！　こんな男が娘を幸せにできるわけがなかったのだ！」

虚ろな瞳で、梟がむくりとおきあがる。その手に小刀が握られていることにわたしは気がついた。さっと首にそえられた小刀をわたしは剣ではじき飛ばす。

「なにをする、死なせてくれ！　狛のおらん世などわしはもう生きとうない！」

すんでのところで狛の言いつけを守れないところだった。

わたしは死のうと暴れる梟を地にたたきつけて動きを封じる。なおももがこうとする梟にわたしは怒鳴った。

「わたしは摂政さまが後を追って死なないようにしろと狛さまに命じられました、摂政さまが死のうとするのを諦めぬかぎりこの手ははなしません！」

狛の頼みだと聞いたとたんに梟が動きをとめる。やがて梟は悲しげな声をあげた。

「なぜだ、わしを残してなぜ死んでしまうのだ。わしは、わしは嫌じゃ、なぜ楽になるのを許してくれぬのだ」

「摂政さま、まだ狛さまの命は助かります。わたしに社がどこにあるかを教えてください、そうすればわたしが救ってまいります」

嘆く梟の耳に、わたしは囁《ささや》く。

「なに、しくじったとしてもせいぜいどこの馬の骨とも知れぬ死人がひとり増えるだけのこと。もし後を追うというのならばそれからでも遅くはありますまい」

「そんなことができるはずがない。神に勝つなど神話の英雄たる武命《タケミコト》ですらできなかった、そんなことを客人に頼むわけにはいかぬ」

梟の口にすることは正しい。神に人は敵《かな》わない、それがこの世の理である。

だが、それがどうしたというのだ。わたしはすでに剣では勝てぬといわれた陰陽師を殺した。

誰もが逃げだしてしまった妖の群れを殺しつくした。

「摂政さま、わたしはこれまで己の剣を戦いにて証《あか》してまいりました。ならば、このこともまた剣をふるうことを許してはいただけませぬか」

いまだしぶる梟を、わたしは心を砕いて説きふせる。やがて、梟はゆっくりと口を開いた。

「社は、西の山の奥にある霊堂にある」

「……ありがとうございます」

わたしは一族の秘を教えてくれた梟に礼をすると、時が惜しいとばかりに土壁を飛び越えて駆けだした。

第6章　剣の修羅、霊堂にて

京のはずれ、その山奥にあるかつての社はとても静かだった。風にゆられて咲き誇る桜の花びらがちらちらと散っている。

夕暮れの茜《あかね》に染められた桜の花をじっとみつめるのは、美しく飾られた狛《はく》であった。

朽ちようとする霊堂にとめられた牛車《ぎっしゃ》のなかで、じっとその最期がやってくるのを待つ。狛のそばには誰もいない。

「わたしは、幸せだったのかしら」

狛はふと声をもらした。どうせこれから死ぬのだから、どんな妄言を口にしたとしても誰も気にするものか。

「どうなのでしょう、お父さまに愛されているのはわかるわ。でも、妖《あやかし》に襲われるのを助けてくれたわけじゃない」

狛とて、己が助からない呪いにかかっていることはわかっていた。だが、それでも恨まずにはいられない。

「だって、痛かったですもの」

痛い。幼い狛が覚えていることはただそれだけだった。

妖に、生きたままに貪られる。ぶくぶくと肥え太った芋虫が腹に噛《か》みついているのを、狛はいつもぼうっとみつめていた。

夜のたび、狛は妖に痛めつけられる。

その痛みにはいつまでたっても慣れることはない。恐らくは妖もそうなるようにいろいろと考えているのだろう。それはあまりにも醜い儀であった。

梟《きょう》から狛はその呪いのわけを教えてもらっている。言葉にするもおぞましい夷勢穂《いせほ》の先祖の業がゆえの呪いなのだと。

だが、それがいったいどうしたというのだ。狛は不幸にして夷勢穂の祖人の顔をみたこともない。

泣き叫んだこともあった。怒って梟にやつあたりをしたこともあった。だが、その苦しみから救われることはなかった。

誰も狛を助けられない。

妖から狛を守ろうとした母はあっというまにカミキリムシの妖に頭をかじられて死んだ。狛を愛していると口にする梟は夜になると狛から遠ざかっていく。

誰も頼ることなどできない。

助けを願って声にしても無駄なのだ。つまるところ、狛はひとりで地獄の責め苦を負わなければならないのだから。

蒸し暑い夏の夜も、しんしんと雪の降る冬の夜も、狛は離れでただひたすらに妖になぶられる。死なぬよう生かさぬよう、妖は心をこめて狛を傷つけていった。

ほんとうに痛いのだ。

痛くて痛くてしょうがなくて、だから狛はすべてを諦めた。そういう縁の下に生まれたのだから、幸せに生きることはできないのだと狛は己に言い聞かせる。

梟は狛の死を恐れていたが、狛は違った。

いずれ命を奪いにやってくるという神のことを狛は待ち望んでいた。

そもそも、狛は生きることの喜びがわからないのだ。こんなに命あることが苦しいのなら、いっそのこと死んでしまいたいと願うことはそれほどおかしいことだろうか。

死だけが、狛の生きる糧だった。

「そういえば、あの人はどうしているかしら。お父さまが死のうとするのをとめてくれているといいのだけれど」

ふと、月がきれいな晩に会った客人のことを狛は思いだす。

さらおうとした陰陽師《おんみょうじ》から救ってくれたのだと知っても、狛にとっては興味などない。死ぬのが遅くなっただけで、むしろ助けられることのほうが嫌だった。

どうせこのまま生きていてもあの地獄が続くのは目にみえている。

「この晩よりわたしが狛さまをお守りいたします」

そんな客人が離れに現れた時に驚かなかったといえば嘘《うそ》になるだろう。だが、驚いたのはあんな歳《とし》もたいして違わない童が口にしたことであって、その言葉ではない。

梟が狛を溺愛していることは有名な話だ。梟に気に入られようと陰陽師たちが媚《こ》びを売ってくるのに狛は慣れていた。

客人は富にありつこうと必死なのだろう、そう狛は考えた。気の毒なことに、長続きした陰陽師はひとりもいなかったが。

なにはともあれ、その晩はすこしだけは眠れそうだと狛は考えていた。か弱げな童の客人に狛はたいしたことを望んでいなかった。

そのあくる朝のこと、起きた狛は不思議なことに気がつく。

こんなにぐっすりと眠りにつけたのは生まれてから初めてだったかもしれない、そのことをよく考えて狛は驚いて声もでなくなってしまった。

夜に妖にいたぶられることがなかった。

慌てて戸を開いた狛はムカデの妖の亡骸《なきがら》がまるで山のように重なっていることに気がついて

息をのむ。こんなもの目にしたことはなかった。

狛は血まみれの客人が息絶えた妖にまぎれて倒れているのをみつける。その傷は深く、狛は客人がいまだ生きているのが信じられなかったほどであった。

「狛さま、言葉通り妖からひと晩お守りいたしました。これからもよろしくお願いいたします」

肌を伝う血をまったく気にしていないかのようにあっけらかんと、起きあがった客人が笑う。その生き生きとした笑みは、客人が妖の屍《しかばね》のなかで血まみれになっていることに目をつむれば、実に幼い童らしいものだった。

そしてまた客人は倒れてしまう。後に残されたのは気を失った客人のそばでなにをすればいいかわからずにうろたえている狛であった。

そんなことがあってから、狛はすこしばかり客人のことを気にするようになった。もちろん、頼れるとかそういうことではなく、おかしな人がいるというものだったが。

ともかく、狛はこれまであれほどの重傷を負ってまで助けてくれようとした陰陽師をみたことがなかった。客人は頭のどこかがズレているに違いない。

そんな狛の考えは、その日の晩に布でぐるぐる巻きにされながらも客人が姿を現したことでより強まった。

「なるほど、ですがお断りいたします。わたしは死んでも狛さまをお守りするつもりでありますから」

どうみても折れている腕を客人はぶらぶらと振っている。

こんなことは狛にとって初めてだった。こんな酷《ひど》い目にあっても守ってくれる人は狛にとって初めてだった。

初めてのことに、狛の心はぐしゃぐしゃに乱れる。

「ひと晩は生きのびた陰陽師など指で数えられぬほどいたわ。好きにすればいいけれど、どうせあなたもわたしを忌む時がやってくる」

冷静さを欠いた狛にできることは、そうして強がって戸を勢いよく閉じることだけだった。布にくるまりながら、狛は胸の奥からこみあげてくる感情をおし殺そうとする。

その晩も、狛は妖に眠りを邪魔されることはなかった。

妖に痛めつけられなくなってから、狛の暮らしはどんどんと違うものになっていった。もう、じくじくと痛む傷をこらえて寝こまなくともよいのだ。

襲いかかってくる妖に苦しむこともなくなった狛は、初めてこの世の美しさというものを知った。

いつかやってくる夜にびくびくすることがなくなっただけで、すべてが輝いてみえる。庭の草木が咲かせる花はいつまでみつめても飽きることはなかった。

ああ、生きるとはこんなに幸せなことだったのだ。

狛は生まれて初めて楽しさで時を忘れた。こんなに幸せな日々がずっと続くのなら、どんなによかっただろうか。

だが、狛はきちんと己をわきまえていた。

どんなに幸せであったとしても、狛の命は十三で終わる。まつろわぬ神が狛を黄泉《よみ》へと誘いだす時がくるのだ。狛は恐ろしくなどなかった。

この幸せもつまりは客人がいなければありえなかった幻のような暮らし。

もっとこの世の美しさに気がついて、避けられない死を怖がるようになるより先に、狛は死にたかった。

「狛よ、三晩の後に社へとまいろうか」

だから、梟のその言葉にも心は動かなかった。狛は、己がそういうどうしようもない星のもとに生まれたことをよく知っている。

「すまぬ、ここまでずっと黙っておってすまぬ。わしはただおぬしを苦しめたくなかったのだ……」

狛の肩を握って梟がひたすらに涙を流す。狛は庭の花に目をやって、もうこの景色も最後なのだと考えた。

死にゆく狛を梟は美しく飾りたてた。狛はそんなことはどうでもよかったが、梟の心ゆくまでやらせてやることにする。

そうして、狛は社にむかう牛車に乗った。

「さて、わたしは幸せだったのかしら」

生まれてこなかったほうがましだった。

狛は己のたてた問いに、そのほかの答えをもたなかった。妖に喰《く》い荒らされ、最後には荒ぶる神に惨《むご》たらしく殺される人生を喜ぶなどできるはずがない。

牛車に乗って遠ざかってゆく狛をみて涙を流す梟も、この社まではついてきてくれない。もともと妖になぶられていても助けにきてくれたことはなかったのだ。

とどのつまり、狛は己をそういう人間なのだとわかっていた。

そういう意味ならば、人生の最期に幸せな幻をみせてくれたあの客人には感謝するべきなのだろう、そう狛は考えた。梟と違って客人は狛を守ってくれたのだから。

「もっと、お礼をするべきだったかもしれないわ。あんなふうに頼みごとまでしたのだから」

狛はただひたすらに明るい月を眺める。そんな月の光をふわりと飛んできた蛾《が》の群れが隠していった。

この世のものならざる蛾が舞う。みる者を惑わすその蛾の群れの羽ばたきを、狛は虚《うつ》ろな瞳でみつめた。

神が、やってきたのだ。

蛾の群れはゆっくりと舞い降りてくる。己に群がってくる蛾を光のない瞳でみつめながら、狛はぼそりと呟《つぶや》いた。

「……ほんと、どうせ死ぬんだったらもっと早くがよかった」

「この地にかつてその名を轟《とどろ》かせた偉大なる古《いにしえ》の神に、畏《かしこ》くも願い奉ります！　剣の果てを極めんため、わたしが尋常に真剣勝負を挑みましょう！」

桜吹雪を巻きあげながら、わたしは飛びだした。その手にしっかりと輝く刀を握り、ふわふわと舞い散る桜の花びらの雨のなかを駆けてゆく。

無数の蛾が粉を漂わせながらわたしのゆく先を舞った。怨《うら》みのある一族の娘を呪い殺す、その楽しみは誰にも邪魔させないとばかりに神がわたしを遠ざけようとする。

一瞬、わたしは剣を煌《きら》めかせた。蛾をどんどん斬り飛ばしながら、わたしは狛のもとへと駆けてゆく。

いきなり飛びだしてきて神に剣をむけたわたしに、狛が泣きそうな顔をしていることに気がつく。だが、わたしにとっては神の怒りなどどうでもよかった。

神の崇《たた》りなど気にしていては神との殺しあいなどできるはずもない。むしろ神がわたしに怒りの矛先を向けてくれるほうがありがたいのだ。

蛾の雲をぬけ、狛のもとまでたどりつく。神に挑むことができる喜びに顔をほころばせながら、わたしは狛を背にして剣をかまえた。

「なんで、どうして、あなたが……」

「お伝えしたでしょう、わたしは死んでも狛さまをお守りするつもりでありますから」

まったく狛と会えてよかった。妖ばかりか神とまで戦えるというのだから。そんな狛のそばをわたしは去るつもりなどなかった。

わたしがそう好きに口にすると、狛が大きく瞳を見開いた。わなわなと震える唇で声を絞りだす。

「馬鹿、馬鹿なの……？　そんなことのために、祟り神まで敵にまわして……」

狛の瞳にじわりと涙がにじんだ。まるで糸がぷつんときれたかのように狛は嗚咽《おえつ》をこぼしだす。

愚かにもまつろわぬ神に襲いかかったわたしを逃しはしないと、蛾がゆっくりとわたしのまわりを舞ってゆく。蛾の群れは、怒り狂ったかのように白の鱗粉《リンプン》をまき散らした。

はたからみるとわたしは愚かなのだろう。神と戦いたいなどと馬鹿なことを口にして、ほんとうにまつろわぬ神に剣をむけてしまうなど。

だが、それでもわたしは笑みがこぼれ落ちてしようがなかった。わたしが気にしているのはたったひとつ。

はたしてわたしの剣が神に敵《かな》うのかどうかだけである。

蛾の群れが、わたしのまわりを舞っている。柔らかな羽に描かれたまだらの紋様がしだいにぼやけていった。

瞬間、わたしは剣を無数に走らせる。

ふわふわと飛んでくる蛾がどんどんと斬られて地に落ちていった。桜の花びらのうえにまるで雪のように白い蛾の屍が降りつもっていく。

だが、いかに剣に魂を捧《ささ》げたわたしといえども、すべての蛾を殺しつくすことなどできるはずもなかった。

「はやく、逃げて！」

狛の悲痛な叫びが聞こえてくる。ふとわきをみると、まるでひとつの大河のようになった蛾の群れがわたしに襲いかかってきていた。

蛾の群れに飲みこまれたわたしは、あっというまにどちらがどこなのかわからなくなってしまった。刀でがむしゃらに斬りつけるも、蛾の群れに弄ばれる。

いくつか殺したぐらいで蛾の群れの勢いが弱まるわけがなかった。わたしはそのまま霊堂まで吹き飛ばされ、強《したた》かに背を柱にぶつけてしまう。

わたしはその一瞬、息がとまった。

そんなわたしに容赦なく神の怒りは降りかかる。この世ならざるほどに美しい蛾の嵐が、霊堂ごと神に背いた愚かなるわたしをなぶった。

わたしとて、ただなにもせずになされるがままになったわけではない。これまでの妖との戦いで血肉とした奥義をがむしゃらに繰り出し、目についた蛾から斬っていた。

それでも、まったくもって数が違う。こちらがいくら斬ろうともどんどんと湧きだしてくる蛾は、わたしの剣を嘲笑《あざわら》うように刃《やいば》をすりぬけてゆく。

そうして神の化身たる純白の蛾はわたしの肌にひっついてきた。

喉奥まで潜りこんでこようとする蛾を死に物狂いで貫いたわたしは、蛾から逃げようと駆けだす。が、そんなことを許すようなまつろわぬ神ではなかった。

「なっ」

吹き飛んできた蛆《うじ》が、わたしの耳にとりついた。声をあげる間もなく、蛆がわたしの肌を喰い破り、肉に噛みつく。

「あああっ！」

想像を絶する激しい痛みで思わず叫びながら、わたしは蛆をひきちぎって地にたたきつける。

じくじくと痛む耳をおさえていると、おかしな音がすることに気がついた。

カチカチ、カチカチ。

その音はどんどんと大きくなっていく。だが、いったいなにがおこっているのかと気をはりつめさせたわたしが目をこらしても、おかしなことはなにもなかった。

ただ、遠くでひらひらと蛾が舞っているだけである。

カチカチ、カチカチ。

わたしはようやく音がすぐ近くで鳴っていることに気がついた。

耳をおさえていた手をはなす。手のひらのうえに目をやると、今にも卵から孵《かえ》らんとする蛆がいくつも蠢《うごめ》いていた。

ぶちぶちと肉をひきちぎられる音がする。わたしはほかでもないわたしの耳に蛆がたかっていることにようやく考えがいたった。

地を白に塗り潰している蛾の屍からどんどんと蛆が湧いている。いつのまにか、蛆に食いつくされた桜の木が幹から腐り落ちて倒れた。

蛾の群れが優雅に舞っている。

やがてそれはだんだんと集まってゆき、ひとりの老人のしわくちゃの顔を生みだした。その黒い瞳からは冷たい悪意がしんしんと伝わってくる。

それは、老人の顔をとったまつろわぬ神であった。

まつろわぬ神がわたしが苦しみもがく姿を嘲笑するかのように、顔をのぞきこんでくる。わたしは、そんな神を頬を赤らめて笑いながらみつめかえした。

神が、不可思議なものをみたとばかりに首をかしげる。わたしは心から湧きだす喜びにどんどんと笑みが深くなっていった。

「すばらしい、これがまつろわぬ神の業なのですか」

わたしの口から声がもれる。

すでにあたりの山はその木々まですべてが腐って、その茶けた土がむきだしになりつつある。よく目をこらすと遠くの山まで蛆が蠢いているのがみえた。

「これが神、なるほど陰陽師も逃げだすわけだ。こんなもの人が敵うはずがない」

かつての世で歩んだ剣の道も、蔵で学んだ剣の技も、妖を殺して染みつかせた勘も、なにもかもがこの神には無駄である。

それもそうだ。いままで学んできた剣に神を殺す技などあるはずもないのだから。

かつての世で熊への剣の技がなかったのは、人が剣にて熊を殺すことなどほとんどありえないからである。そして、それはこの世でもそのままだ。

たしかに、この世には妖を殺すための技はある。陰陽師を殺すための技も未熟ながら編みだされた。だが、神を殺す技などありはしない。

なぜなら、誰も神を殺すことはおろか、傷つけることすらできなかったからだ。

人では神には勝てない、それがこの世の理である。陰陽術であれ、剣であれ人が神に勝てるはずがないのだ。

ましてや、わたしはまったくそのすべての力を奮っていない神にまったく手がでないありさまだ。いたぶられ、弄ばれるこれはもう勝負などではなかった。

たんなるお遊びである。

なのに、なぜわたしは剣をまた握ろうとしているのか。

刃を耳にかける。わたしがなにをしようとしているのか気がついたらしい狛が、手をのばして止めようとしていた。

どうして、こんなにも胸が高鳴っているのだろうか。

強者との戦い、己よりも実に優れた者との戦いに恐れよりも喜びが勝る。そんなどうしようもない修羅である己にあきれながら、わたしは耳を斬り落とした。

殺せぬ敵であるだと、そんなことを口にする者など気にするな。わたしはすでに狂ってしまっているのだ、ならばなぜ愚かなことをしてはならないのだ。

あの夜、わたしは師の剣に心を奪われた。

この世にはこれほどまでに美しい技があるのかと、心から魅《ひ》かれてどうしようもなくなってしまったのだ。あの師の剣と、わたしの剣を重ねる。

あの時、師は熊という人では敵わぬ獣を殺そうとした。学んできた技から新たに咲き誇る美しき剣を編みだした。

それと今のわたしがどう違うというのだ、敵が熊から神になっただけではないか。

魅せられたあの師の剣を、そっと思いだす。あの夜からどれほどたったのだろう、わたしは初めて師の背を追いぬこうとしていた。

すでに、わたしの道はひとつしかない。

これまでの剣、そのすべてをかけて神を殺す剣を生みだす、それだけである。


耳ごと蛆を捨てたわたしに、神がしゃがれた声で笑う。おかしなことに、その声にはもはやわたしへの嘲りはない。

それどころか、わたしにはまるで賛美されているように聞こえた。ああ、まつろわぬ神もわたしの心をわかってくれたのか、喜びで震える。

わたしはそんな神に刀をむけた。

「もう、もう戦わなくていいの！　わたしが死ねばいいんだから、だからもうやめて！」

狛の叫びがうるさくてしかたがない。

「ですから、わたしは死んでも狛さまをお守りしますよ」

こんなところで勝負を終えていいものか。否、まつろわぬ神との、わたしの剣に喜んで殺しあってくれる絶大なる強者との戦いを終えることなど許されるはずがない！

この世に生をうけてからこれまで、こんなに楽しいことはなかった。耳から鮮血を垂れ流しながら、わたしは神にむけて駆けだす。

ああ、なんて幸せなんだろう。

足もとの蛆を華麗に避け、蛾の羽を斬り裂いていく。剣が唸《うな》りをあげて、老人の顔の幻にむかっていく。

右から蛾の群れが飛びかかってくる。避けるには遅すぎる。剣で身を守るにはいささか数が多い。

ならば、致命傷を避けられればよい。

頭のなかで、これまで学んだすべての技のなかから新たなる剣を組みたててゆく。ただこの一瞬をくぐりぬけるためだけの剣を。

手足が動かなくなるようなものは斬り、もしくは避けた。残りの蛾が私の肉を穿《うが》っていく。血しぶきがあちこちの傷から噴きあがった。

まだ戦える。

今度は下から蛆が足を腐らせようとたかってくる。飛びあがったとしても、いつかは地に足をつけなければならないのだから意味がない。

ならば、腐るより先に神を斬り殺せばよい。

頭のなかで、ただひたすらに神まで駆けぬけられそうな技をかきあつめる。そのすべてをぎゅっと握りしめて、わたしは一歩を踏みだす。

蛆が襲いかかってくるのをわたしは顧みなかった。蛆が次々とわたしの足に飛びついて、肉を喰らいだす。その痛みもまた、わたしは顧みなかった。

まだ戦える。

あの老人の顔までもうあとすこしだ。宙を軽やかに舞う蛾の群れも、地で蠢く蛆の山も、もうわたしをとめることはできない。

上下左右、どこに顔をむけても蛾のほかは目に入らなかった。

これでは神に傷をつけたとて、その瞬間にわたしの命はつきるだろう。だが、わたしはそれで満足だった。この神との勝負が終わったのなら死んでもいい。

妖を、人を、陰陽師を、獣を、ありとあらゆるものを斬るための剣を学んできた。力にものを言わせる剣を、すばやく駆けぬける剣を、どんな剣をも学んできた。

そのすべてを、この一撃にこめる。

どんどんと時が遅くなっていく。もはやわたしの瞳は神のほかはすべて白に染まってしまっていた。わたしは剣をふりぬく。

わが生において最も優れたる剣を、わたしの剣の道のすべてをこめた剣を。

ふわりと軽やかに弧を描いた剣は、まったく軌道が読めないままに神へとむかっていく。しわくちゃの顔をした神がまるでなにかを懐かしむかのように目を細めた。

舞うようにくりだされたわたしの最後の剣は、くしくも古に神へと捧げられたというある剣の奥義にそっくりであった。

宙にうかぶ老人の顔に、ピシリとひびが入る。

たしかに、わたしの剣は神を斬った。誰もが勝てぬと、殺すことなどできるはずもないと信じた神に傷をつけた。

だが、まだたりない。神を殺すにはまだ剣がとどかない。

わたしは己が負けたことを知って笑った。悔いなどあるはずもなかった、この技はわたしの剣のすべてをかけたものなのだから。

技を終えたわたしが地に足をつける。とたんに待ちかまえていた蛆たちがどんどんと足を貪っていった。


蛆の海に沈みながらも、わたしの心は安らかだった。笑いながらもわたしに勝った神の顔をみつめる。

足はもう痛みを伝えてこない。腐りだしているのだからそれもそうだ。蛆に喰われながらわたしは星空をみつめる。

ついぞ生涯の敵とさだめたあの陰陽師と勝負することは叶《かな》わなかった。だが、それでもわたしはこの生に感謝していた。

あの神は実に強敵であった。それこそあれほど限りの知れぬ力をもった神に負けるというのなら、納得もいくというもの。

穏やかな表情のわたしを、神がのぞきこんできた。

しわくちゃの老人の顔からは、もう背筋の冷たくなるような憎悪は伝わってこない。なぜかわたしを慈しむような笑みをうかべていた。

そんな神に、わたしは情けないと知りつつも手をのばす。

「最後に、情けをいただきたく思います。わたしは剣の者ですから、ここで死ぬのは本望です。ですが狛さまは戦う者ではありません、その怒りをお鎮めください」

「駄目です！　そんなことは、わたしだけが生きるだなんてそんなこと！」

狛が叫んで駆けよってこようとする。

こんな願いを、負けた者がすることは許されるはずもない。だが、それでもわたしは口にしてしまった。梟にすまなく思う。あれほど勝つと言っておきながら負けたのだ。

神は、わたしにほほ笑む。ふわりと舞ってきた蛾がわたしの足にとまった。

すると、驚いたことにわたしは足に流れる血を感じた。驚いてわたしは足に目をやってしまう。

腐り落ちたはずのわたしの足が、まるでなにもなかったかのように蘇《よみがえ》っていた。

いったいどういうつもりなのか、神の考えがわからなくなったわたしはただひたすらにその瞳をみつめる。つきものの落ちたような顔で神は静かに笑っていた。

気がつけば地の蛆はみな蛾となって空に舞いだそうとしている。

東から日の光がさしこんでいた。朝日を羽いっぱいにあびた真っ白な蛾たちが飛び立つのは、美しいなどという言葉では言いつくせないほどだ。

その羽が、かつてわたしの耳があったはずの傷を優しくなでていく。神がわたしの斬り落とした耳を口に含んだ。

瞬間、わたしはすべてが聞こえるようになった。

数千里は遠くで音を奏でる小川から、そばの狛が紡ぐ泣きそうな吐息まで、なにもかもが耳に入ってくる。

それは、たしかに神がわたしに与えた恩寵《おんちょう》であった。

「なぜ、こんなことをしてくださるのですか」

神がわたしの問いかけに口を開くことはなかった。神は最後にわたしを一瞥《いちべつ》してから、千もの蛾となって明けの空に消えてゆく。

……やれやれ、まだまだわたしも未熟者である。この世での初めての敗北を、寝転がったままのわたしはほろ苦く噛みしめた。

だが、そんなわたしの剣でもあの神は満足してくれたらしい。ならば、その期待にこたえ、かならずあの神の首を獲《と》りにいくと誓おう。

この身に宿った奇跡に、わたしは静かに感謝した。

「あなたはどうしてこんな無茶なことを……！」

かけよってきた狛に抱きかかえられる。負けた悔しさをおし殺してわたしは狛に笑いかけた。

「よかった、狛さまをお救いすることができました」


「な、な、そ、そんなはずは」

驚きのあまり声をつまらせている梟に、狛に肩を借りているわたしは苦笑しながら頭をさげた。梟が、わたしをささえている狛を目にして息をのむ。

「遅くなってすみません、狛さまをおつれして帰りましたよ」

「あ、あああああっ、ああああっ」

梟は嗚咽をこぼして狛の頬をなでる。その唇はおもしろいように震え、己の娘がいまだ生きて息を紡いでいることを信じられない、そんな顔をしていた。

感極まった梟が狛を抱きしめようとする。

だが、そんな手を狛はすげなくはねのけたかと思うと、わたしに肩を貸したままどんどん屋敷の奥へと歩いていった。

梟がそんな狛に追いすがってくる。

「ま、待ってくれ。これは夢ではないのだろうな、またわしに顔をみせておくれ」

「お父さまは黙っていてください。客人がわたしを守ってこんなに傷ついているのです、はやく休ませてさしあげないと」

梟はようやくわたしが傷だらけなことに気がついたのか、はっとした顔をした。

狛が畳のうえにわたしをゆっくりと寝かせてくれる。わたしはそんな狛の優しさに甘えてそっと瞳を閉じた。

「お父さま、もし客人が死ぬようなことがあればわたしはその後を追いますよ」

「きょ、京でもっとも優れた薬師《くすし》をつれてこよう！　待っておれ、金ならいくらでもあるのだから」

なにやら恐ろしい狛の言葉を聞いたような気がする。だが、わたしにはもう起きあがるだけの力は残っていなかった。

慌てて梟が走りだした音が聞こえる。その音に目をさました家の者たちもことを知ったらしく、屋敷はすぐに大騒ぎとなった。

狛がゆっくりとわたしの頭をなでてくる。神との殺しあいは心ゆくまで楽しめるものだったが、あちこちについた傷はいつまでも黙っていてくれはしない。わたしはそのまま眠気に負けて暗闇へと落ちていった。

あの夜、いきなり飛びだしてきた客人を、狛ははじめ幻だと思いこもうとした。

そうでなければ、嫌でも期待してしまう。期待してしまえば、背かれた時の傷がもっと深くなるのだと知っていたからだ。

だが、狛がどれだけ心を殺そうとしても、無駄だった。

だって、客人がいつもの笑顔で狛をまつろわぬ神から隠してくれたのだから。これまで妖から守ってくれたその剣で、神を斬ったのだから。

その光は、あんまりにもずるかった。

狛は、ずっとひとりだったのだ。誰も守ってくれず、いつも妖に苦しめられていた、そんな狛にその光はあまりにもまぶしかったのだ。

神に斬りかかるたび、蛾の群れが嵐のように客人を吹き飛ばしてしまう。それもそうだ、人が神に勝てるわけがない。

それでも、客人はたちあがった。

たちあがって、神にまた斬りかかってゆく。どんなに痛めつけられようとも、どんなに傷つけられようとも、客人は狛をおいて逃げだそうとはしなかった。

蛆の湧いた耳を客人が斬り落とす。

たとえなにもかもを失っても、神と戦おうとする客人。狛はそんな客人の剣に目を奪われた。ただひたすらに美しく、華やかに。

それはまさに散りゆく桜のような技であった。ひたむきに神にむけて捧げられる客人の剣に、神が笑い声をあげて喜んでいる。

狛には神の思いがよくわかった、なぜなら考えていることはほとんど違わないのだから。剣に命を捧げた客人のまっすぐな思いはまるで流れていく星屑《ほしくず》のように煌《きら》びやかで、目にした者の瞳を焼いてしまう怪しい魅力があった。

客人の剣があまりにも美しいものだから、まつろわぬ神がその怨みを忘れて鎮まる。やがて、かつて怒りで荒ぶっていた神は、穏やかな顔をみせて空に消えていった。

客人は、駆けよったわたしにきらきらとした笑顔をむける。それを目にしてから、狛はどうも胸がおかしかった。

いまだ目をつむって眠っている客人の頬に手をそえる。客人の温かな肌の温《ぬく》もりは、狛の冷たい手のひらに残ってその心までもとかしてしまう。

やはり、狛は客人の柔らかな笑みが忘れられそうになかった。

欲しい。

ふつふつと醜い欲望が湧きあがってくる。どんな時でもそばで守ってくれた客人は狛が初めてみつけた心から信じられる剣であった。

あの清純で儚《はかな》い客人を己で染められたならどれほど気持ちよいか、そう考えただけで狛は熱い息をこぼしてしまう。

ああ、ついに己は壊れてしまったのかもしれない。狛はそんなふうに客人を欲してやまない己を自嘲した。

しかたがない、狛をおかしくしてしまった客人が悪いのだ。


「桜が散りゆくのは美しいものね、あなた」

おかしい、話が違う。しかめ面のわたしをもたれさせながら、狛が幸せそうにほほ笑んでいる。

「もう京の桜は散ってしまいましたが、東国の桜はまだまだ咲き誇っているとか。もし時間があれば旅をしてみましょうか」

いったいこれはなんの罠《わな》であるのだろうか。

わたしは恐れおののいた。剣をむけあう敵の心ならいざ知らず、なぜかいきなり親しげに接してくる貴人の姫君の考えなどわかるはずもない。

「その、狛さま。いったいこれはどういうおつもりなのでしょう」

がしがしと頭をなでられる。まるで狛の犬にでもなったような思いだった。

困りきったわたしとは逆に、狛は楽しげである。わたしの髪の毛をいじりながら、耳もとで囁《ささや》いてきた。

「なにをいまさら。わたしの命を救ってしまったのはあなたでしょう、ならば責を負ってもらわないと」

まつろわぬ神との勝負は実に心躍るものであった。今でもまぶたを閉じればあの時の手のしびれが伝わってくる、それほどはっきりと覚えている。

だが、それからずっとなぜか狛につきまとわれるようになったことだけは悩んでいた。いまだ狛が妖に呪われているのならばわたしも腹落ちしたであろう。だが、もう妖に襲われないのであれば、失礼かもしれないがわたしは狛に興味はない。

狛も狛で、ようやく生を謳歌《おうか》できるのになぜわたしにこだわるのだろうか。

わたしとしては、恩など感じずにおはらい箱だと屋敷から蹴りだしてもらってまったく問題なかった。むしろそちらのほうが後腐れなくて嬉《うれ》しかったかもしれない。

「どうしたの、そんなに眉間にしわをよせて。悩みがあるのなら聞きましょうか」

幸せそうに頭をすりつけてくる狛がわたしの顔をのぞきこむ。狛の言葉ももっともだと思ったわたしは、胸のうちをあかすことにした。

「わたしには剣の道を極めたいという願いがありまして、そのために強き者との戦いを望んでいます。長い間お世話になりましたが、そろそろ旅にでようかと……」

「そう、ならわたしも荷をまとめなければいけないわね」

「は？」

「あら、どうしたの？　そんな驚いた顔をして」

狛はなにか大きな思い違いをしているのではないか。わたしの耳が聞き違えていなければ、狛はわたしについてくるつもりであるように考えられるのだが。

「思い違いじゃないわ、だってあなたは死んでもわたしをお守りするつもりなんでしょう？」

狛はまるでわたしの心を読んだかのようであった。驚くわたしの手を愛《いと》おしげに狛がさする。

……なぜだろうか、まつろわぬ神と戦った時ほどに背筋がぞっと冷たくなった気が。

ともかく、わたしは狛に誤解であると心を砕いて説いた。わたしが守るといったのは狛が妖に襲われていたからで、今はもうその言葉はどうでもよくなったのだと。

狛が頬を膨らませてわたしをにらむ。

「もしかしてわたしを守るという言葉はその場だけの嘘だったということなの。そんな酷いことをいわないで、あなたならわたしがいても剣の道を歩めるでしょう」

狛がその美しい顔をわたしによせてくる。なす術《すべ》もなくわたしは冷たい畳のうえにおし倒された。

狛の息が首にかかってくすぐったい。

「そうだ、わたしの許嫁《いいなずけ》になりなさい。わたしがあなたの欲しいものは名刀でも達人でもなんでも集めてあげる、夷勢穂ならあなたの願いを叶えられる」

わたしのうえに覆いかぶさりながら、狛が恍惚《こうこつ》と笑った。胸もとに顔をうずめる狛にわたしは戦慄を禁じえない。

なんだ、狛はいったいどうしたというのだ。

いきなりわたしを婿にすると言いだした狛はどうみてもまともではなかった。もちろん達人を呼んでくれるというのは嬉しいものであるが、そういう話ではないのだ。

「ね、悪い話ではないでしょう？　あなたはただわたしのそばにいてくれるだけでいいの。それだけで夕餉《ゆうげ》も狩衣《かりぎぬ》も寝床だって苦労はさせないわ」

狛がわたしをみつめる瞳には怪しい光があった。まるでこの世ならざる妖に命を狙われているような恐ろしさである。

昏が乾いてしかたがないわたしはなんとか理由をつけて断ろうとした。

「梟さまが許しはしないでしょう。狛さまは夷勢穂の姫君でいらっしゃるのですから、高貴な家の公達《きんだち》を婿にすべきです。わたしはどこの馬の骨かわかりませんよ」

「もともと妖に呪われたわたしを嫁にとろうなんて貴族はいないわ。それに、あなたもそれほど身分が悪くはないでしょう」

「どういうことですか、わたしは西国の豪族の出です、摂関家とは釣りあうはずがありません」

嫌な予感がする。とっさについたわたしのいじらしい嘘がまったくの無駄であったことをあきらかにするように狛がほほ笑んだ。

「謙遜しなくともいいわ、五十神《いそがみ》は格が落ちるとはいえ陰陽道の大家。お父さまも文句はないでしょう」

牛車のすだれをあげると慣れ親しんだ京の家の門がみえる。暗い思いのわたしはため息をついて、狛のご機嫌な笑顔をながめた。

あの後、わたしは梟と狛のふたりがかりで説きふせられて許嫁にされた。

もとよりわたしに断ることなどできない。五十神家の者と知られてしまったうえは京で権勢をふるう夷勢穂の一族の機嫌を損なうと家の者に害がおよんでしまう。

剣の修羅ではあるとはいえ、義に背いてはならない。

「さあ、秋継《あきつぐ》のお父さまに挨拶にまいりましょう。あなたの許嫁となった狛でございますと」

「……はい」

笑顔の狛がわたしの手を握って牛車から降ろす。なにもかもがどうでもよくなって狛のなすがままになったわたしは、かつて親しかった家の者と目があった。

「は、へ、若君?」

「ただいま、お父様はいらっしゃるかな」

まるで亡霊を目にしたかのように唇をわななかせた家の者が手に持つ箒《ほうき》を落とす。そして油のきれたからくり細工のようなぎこちない動きでそばの狛に目をやった。

とたん、家の者が青ざめた顔で走り去っていく。しばらくして家の者の叫び声が庭のわたしたちにも聞こえてきた。

「少納言さま！　若さまがお帰りになりました！」

「なんだ、わしを屋敷からひっぱりだそうとまた嘘をついているな。そんなことわかりきっておるわ、秋継はどうせ妖にでも喰われて死んだのだ」

なつかしい父の弱弱しい声がわたしの耳に入ってくる。どうやらわたしが家をでてからひきこもっているという噂《うわさ》は真《まこと》であったらしい。

わたしはすまなく思った。

「いいえ、それだけではありません！　なんとあの夷勢穂の姫君もお連れになっております！　許嫁とか言っておりますよ！」

「はっはっはっ、つくにしてももっとまともな嘘にしろ。あの高貴なる夷勢穂の姫が秋継のような剣術馬鹿になびくはずがない」

わたしの頭上に影がさす。背後からぞっとする声でぼそりと呟きが聞こえた。

「……摂政たるわしを待たせるとは、少納言どのもずいぶんと偉くなったの」

その言葉に、いまだ残っていた家の者たちが青い顔で父のもとへと駆けていく。なかなか姿を現さない父に冷たい笑顔をしている梟は、恐ろしいにもほどがあった。

わたしは胃がジリジリと痛むのを感じる。

狛だけならまだしも、時の摂政たる梟が父の屋敷にやってくるなどありえないことだ。おなじ貴族といっても五十神と夷勢穂とでは天と地ほどの違いがあった。

「しょ、しょ、少納言さま、摂政さまもいらっしゃってございます」

「は？」

固く閉ざされていた屋敷の障子が開かれる。その隙間から恐る恐るこちらをのぞきこんできた父の顔がどんどんと青くなっていった。

「あ、秋継。そこのお人は……」

「遅れながら、帰ってまいりました。こちらはその、なぜかお世話になっております摂政さまです」

父がアウアウと言葉にならない言葉を口にする。梟がにっこりとほほ笑んだ。

「少納言どのは摂政をもてなす術も知らぬらしい。その卑しさを考えれば、むべなるかなといったところであろうか」

政争にあけくれ陰謀をはりめぐらせてばかりいる恐ろしい妖のような貴人である梟の言葉はみごとに父の心をえぐった。

「先ほどはすみませんでした、あれほどに情けない姿をおみせしてしまうとは」

憐《あわ》れなほどに震えながら父が額を床につけた。

「べつにかまわんよ、少納言どのの子にはずいぶんと恩がある。それはそうと、わが娘である狛の許嫁として秋継をむかえたい。よろしいかな？」

「……」

ついで梟の口から放たれたとんでもない願いについに父は泡を吹いて気を失ってしまった。恐らくは父の頭ではもはや梟の言葉を理解することができなかったのだろう。

わたしは心から父を気の毒に思った。

梟にちらりとにらまれて、家の者が慌てて父の肩をゆらして起こしている。目をさました父はこれまでが夢ではなかったと気がついて震えあがっていた。

「さて、少納言どの。話の続きとまいろうか」

梟がなんの感情もみせない瞳で父をみつめる。憐れにも父は恐れおののいている。

「そこの秋継には妖を殺すのに大いに手を貸してもらったのだが、その縁でわしの娘の狛が秋継を気に入ってな、婿にしたいというのだ。どうだ、金や官は考えるぞ？」

「は、はひぃ……」

父はとにかく額を床にこすりつけるばかりである。そんな父にうすく口を曲げながら、梟がわたしに声をかけた。

「ところで秋継は陰陽寮に入られるおつもりかな」

「え、いえ。もとよりわたしは家を飛びだした身ゆえ、そんなことは考えもしておりませんでしたが……」

いきなり話しかけられたことに胸をドキドキさせながらわたしは答える。

陰陽寮とは、貴族たちが陰陽術を学ぶ学び舎《まなや》のことである。陰陽術が貴族の嗜《たしな》みとなった今の世では、もはやほとんどの子息子女が入学することになっていた。

だが、もちろん家を飛びだしているわたしはそんなことを考えたこともない。貴族の親がいない者が陰陽寮に入ることなどできるはずもないからだ。

わたしの言葉にわざとらしく狛が声をあげる。

「お父さま、わたし秋継と陰陽寮に入りたいわ。だって許嫁ですもの、いつでも一緒にいるものでしょう」

「ほうほう、ならば秋継が陰陽寮に入らないというのは困ったものであるな。そうは思わんか、少納言どのよ」

父がちぎれんほどに首を縦に振っている。

「では、秋継は陰陽寮に入られるということでよろしいですな。少納言どのの手を煩わせることはありませぬよ、手続きはこちらで終わらせますゆえ」

みるみるうちに梟に話をすすめられてしまう。時の摂政たる梟に逆らうことができる者など五十神にいるはずがなかった。

わたしは剣さえあればよいが、家の者はそうはいかないものである。

父のすがるような瞳を斬りすてるのは、やはり義に背いてしまうだろう。わたしをみつめる梟に頭をさげた。

それにわたしはもともと陰陽寮に興味があったから、これは渡りに船でもある。

この世での強者は主人公もふくめてほとんどが陰陽師である。だというのに、わたしは陰陽術をまったくといっていいほど知らない。

これでは命をかけた真剣勝負の楽しみも減るというものだ。

せめて陰陽術のいろはぐらいは知っておかなければ、あの門で戦った陰陽師の術はなんの技だったのかわかりもしないなんてことになってしまう。

「では秋継、なにかありましたら心おきなくわしに言葉をおかけください。狛の命の恩人たる秋継のためならば、夷勢穂家はいくらでも力を貸しましょうぞ」

すべてが思ったとおりになったようで、狛はご機嫌だ。だからか、このままわたしが五十神家に残ることも許してくれた。

ひたすら頭をさげる父とわたしとを後にして、狛と梟は牛車で去っていった。

ほぼ一年ほど後にしていた屋敷は記憶のなかそのままである。

ゆるりとわたしの口が緩む。たしかにわたしは剣の修羅ではあるが、剣への執着が優先するというだけで思い出を懐かしむ心がないわけではないのだ。

すっかり桜が散ってしまって緑の葉が茂る庭でわたしは剣を振るう。

ここまで多くの真剣勝負をこなしてきた、その剣はたしかにわたしの技に息づいている。屋敷を飛びだした時よりもはるかに鋭い剣の冴《さ》えにわたしは幸せだった。

それから数か月の間、わたしは剣の修練に励むことができた。

わたしが剣を振っていても父はもう文句をいわない。狛が屋敷を訪れる度にわたしは胃を痛める羽目になったものの、そのほかはいたって平穏であった。

陰陽寮への入学は決まって夏至にある。

陰陽寮は妖の跋扈《ばっこ》する東の山地の奥にあり、この世ならざる異郷にある。もっとも夜の力が弱まる夏至にのみ人が踏み入ることができるのだ。

ゆっくりと夕日が沈んでいく。

夕焼けで空が真っ赤に染まっていくなか、屋敷の門の前で、わたしは父とふたり陰陽寮の迎えを待っていた。父との間を沈黙のみが支配する。

「……すまなんだ」

「はい、なんのことでしょう？」

父が口を開く。わたしは父がなぜ謝っているのかわからず、その瞳をみあげた。

「あれほど好んでいた剣の書をすべて燃やしてしまったことだ。家を飛びだされてからずいぶんと後悔した、こんな子の好みをみとめない親を嫌うのは理であろうと」

そうだ、この父にわたしは剣の書をすべて燃やされてしまったのだった。

老人に蔵にてさらに優れた書の数々をみせられてからはすっかり忘れていたが、たしかにわたしはひどく怒っていた覚えがある。

わたしは父がそのことを気に病んでいるのだと理解した。

たしかに父への嫌悪がないといったのなら嘘になるだろう。なにしろあの人の宝たる剣の書を燃やしてしまったのだ、怒らないはずがない。

だが、頭をさげて悔いる親に怒りをぶつけるほど幼くはない。そもそも、わたしは剣への欲が親への情よりも優れている人なのだ、あの争いは避けられるはずもなかった。

だが、父はわたしに嫌われていると思っているらしかった。

「すまなんだ、秋継の剣をけなしてばかりであったこの愚かな父を許してほしい」

「こんな剣に魅せられた愚かな子に謝ることなどございませんよ、お父さま」

「そんなことはない、過ちを犯したのだからけじめはつけなければ」

頭をさげる父をわたしは憐れに思う。父はわたしがどれほど剣に狂った極悪人か理解していないのだ。

今この瞬間にわたしが剣をぬいて人を殺してまわらないのは、それが義に背くからだ。もしも父を斬る口実ができたのならわたしは嬉々《きき》としてそうするだろう。

たとえ親であっても、凄腕《すごうで》の陰陽師であることには違いがない。そして、わたしが殺しあいたいと願うのにそのほかはいらなかった。

そんな人でなしを子にもって、父はよく育てたほうだとさえ思う。ともかく、わたしは父の気がすむように許すことにした。

ガタガタと音をたてて、牛車が歩んでくる。不思議なことに牛のかわりに何千もの沢蟹《さわがに》が牛車を動かしていた。

陰陽寮からの使いであろうその沢蟹たちはぴたりと牛車を止める。

わたしがかつて戦った陰陽師よりもはるかに強大な力が、沢蟹の式神からは伝わってきた。

そのつぶらな瞳がわたしをとらえると、すだれがあげられる。

車輪を覆っていた沢蟹がざわざわと積み重なっていき、踏み台となった。

「それでは、お父様。また会いましょう」

「……ああ、勉学に励むのだぞ」

わたしが牛車のなかで腰かけると、すぐに牛車は動きだした。父の姿はすだれの下となってもうみることはできない。


牛車のなかは暗く、狭かった。わたしは牛車に先客がいることに気づく。

「こんばんは、あなたも陰陽寮にいかれる学生でしょうか」

「うん、そうだね。それにしてもこんな立派な牛車に乗ったことないからびっくりしたや」

すこし西国のなまりが入った言葉づかいの爽やかな声だった。名をあかそうか考えて、わたしは思いとどまる。

これで身分の違いがあれば陰陽寮までの旅が気まずくなってしまう。

「いたっ！　……外の景色ぐらいみせてくれたっていいじゃないか、京にきたのは初めてなんだから」

少年はわたしのすぐそばに座っていた。すだれをあげようとしたその少年の指が沢蟹につまれている。

「陰陽寮の場は秘されております。ですので、へたに旅の道を知られたくはないのでしょう」

「へぇ、物知りだね。でもどうして陰陽寮がそんなにコソコソするのさ、どっしりとしてたらいいじゃない」

「陰陽寮は貴族に口出しをされるのを大いに嫌うんです」

陰陽寮にて教師を務める陰陽博士たちは、概して時の権力者たちの命を忌む。博士たちにとっては術の深奥を修めることのほうがよっぽど意味があることだからだ。

よく気をはらってみれば、五感のすべてを封じられているのがわかる。

呪のかけられた厚いすだれに、すこしもゆれることのない牛車。ツンと清らかに匂う香がかれていて鼻はききそうにない。

だが、とわたしはそっと斬り落とさなかったほうの耳をすました。とたん、すだれからもれ聞こえるほんのかすかな音が手にとるようにわかる。

道のそばの屋敷から賑《にぎ》やかな宴《うたげ》が聞こえてくる。話から考えるにこれは中納言の屋敷、ならば今はあの大路を下っているというわけか。

わたしは一匹の沢蟹にじっとみつめられていることに気がついて苦笑した。耳をすますのをやめて、少年との歓談をはじめる。

こんなところで放りだされれば困ってしまうのだ。

どれほど時がたっただろうか。わたしは水の音がすることに気がついた。

「なんなんだろう、この音は」

少年も気がついたようで、しきりにすだれを気にしている。やがて我慢ができなくなったのか、すだれに手をのばした。

今度は沢蟹にたしなめられることはない。少年はすだれを開け放った。

牛車の外にあったのは、湖であった。懸命に足をかく沢蟹たちによって湖のなかを運ばれていく牛車からは透きとおった水の流れがよくみえる。

その湖の畔《ほとり》に、陰陽寮があった。

朱で塗りこめられた寝殿造りのきらびやかな屋敷が夜の闇にあって輝いている。まるで夢幻のような美しい光景であった。

「ふわぁ……」

少年がその瞳を輝かせて陰陽寮を眺めている。

わたしもそのこの世のものとは思えない絶景に目を奪われて……、待て。なにかがおかしい、なにかがわたしの心で叫んでいる。

息苦しいほどに胸が跳ねていた。歓喜で震える腕を手でおさえつけ、わたしはゆっくりと少年の顔をみつめる。

「え、えっと……。俺の顔がどうかした？」

困り顔でこちらをみつめる少年に、わたしは雷にうたれたような気持ちだった。

かつての世でわたしが斬り殺されたふりをしようとしたあの青年にそっくりの線の細い顔。

どこか秘められた強い意志を感じさせるその瞳。

この少年こそが、わたしの追い求めていた生涯の宿敵、あの陰陽師であった。

あとがき

初めまして、雨雲《あまぐも》ばいうでございます。この度は拙著を手にとっていただき、誠にありがとうございます。つたない駄文ではございますが、読者のみなさまにすこしでも楽しんでいただけることを切に願います。

さて、どんなにはるかの異国であろうといつの世にも頭ひとつ飛びぬけたもの好き、あるいははみだし者とも言いますが、そうした人はいるものです。拙著にて魔京を暴れまわる秋《あき》継《つぐ》もまた、剣ばかりを考えるつむじ曲がりのうちの一人であります。

秋継は己の剣への思いを隠そうともしません。誰に笑われようと怒られようと、ただひたすらに己の夢のために駆けていきます。人の道にもとることがなければ、生きるにあたってなんら口をだされる筋はない。ただ剣の道を歩くのだ、と。

そうしたもの好きというのはとかく鼻つまみ者にされがちで、人が耳にして眉をひそめるような好みであればなおさらでしょう。人の目を恐れてほんとうに愛することを己のうちに秘して隠してしまう人は、わたしや読者のみなさまが思っているよりもたくさんいると考えています。そして、わたしはそのことを嫌っています。

己に疑いようもないほど好きなことがあるという宝石のような幸せに恵まれながら、ただ人に嫌われることを恐れる一心でつまらなく生きる。それはなんと悲しく、そしてもどかしい話なのでしょうか。

拙著において、秋継はたくさんの人に笑われ、嘲られ、それでもうつむくことはありません。なぜなら、剣を握り己《おの》が道を歩む楽しみを知り、そして人の声にびくびくすることの馬鹿らしさをよく知っているからです。一歩を踏みだすと、思いのほか嘲笑は聞こえないことを知っているからです。秋継はわたしにとっての憧れであり、そうあればよいのだという正しさでもあります。

人を困らせているわけでもないのに己の好きを封じるなど実におかしな話だ。人に笑われても己の好きに生きるがいい。そんな風に、世間の凍えるような風に苦しむ人へかすかなエールでもできれば。それが筆を手にとるにあたってのわたしの密《ひそ》かな大望です。

さて、ここまでつらつらと調子のいい気炎をあげてきましたが、もちろん拙著はわたし一人だけの手によるものではありません。インクが紙にのり、小説として世に生まれることができるのはたくさんの助けがあってのことです。まだまだ未熟者のわたしに手を貸してくださったみなさまには深く礼をさせていただきたいと思います。

挿画を担当してくださいました小俵《おどら》マリコ様をはじめデザイナー様、校正者様や印刷会社様。そしてなによりも今この時に拙著を手にしてくださっている読者のみなさまに深謝いたします。

では、またお会いできることを願いつつ、このあたりで後書きを終わりにいたします。

雨雲ばいう

剣《けん》の修羅《しゅら》 1　異端陰陽師《いたんおんみょうじ》の剣撃譚《けんげきたん》

2025年3月30日　初版発行

著／雨雲《あまぐも》ばいう

イラスト／小俵《おどら》マリコ

発行者／山下直久

発行／株式会社KADOKAWA
〒102-8177　東京都千代田区富士見2-13-3
電話 0570-002-301（ナビダイヤル）

印刷所／株式会社KADOKAWA

製本所／株式会社KADOKAWA

●お問い合わせ
https://www.kadokawa.co.jp/（「お問い合わせ」へお進みください）
※内容によっては、お答えできない場合があります。
※サポートは日本国内のみとさせていただきます。
※Japanese text only

定価はカバーに表示してあります。

ISBN 978-4-04-811503-2　C0093

◆◇◇

これぞ
インテリ式
ダンジョン攻略!!